LES JOURS

Du même auteur

Retour dans le Limousin
roman, François Bourin, 1990

VÉRONIQUE SALES

LES JOURS

roman

ÉDITIONS DU SEUIL
27, rue Jacob, Paris VIe

ISBN 2-02-030686-7

1

La seule chose que savait Jean-Jacques, de façon certaine, d'Esther, c'est qu'elle était aussi dure, monolithique et rayonnante qu'il l'avait toujours redouté – elle l'était sans espoir de retour, ou de modification. Quant aux choses qu'il croyait savoir d'elle, simplement, ou bien qu'il devinait, ou encore qu'il avait crues véridiques et qui s'étaient révélées, à l'usage, aussi mouvantes, indécises, et trompeuses que ces impressions de bonheur qu'il avait ressenties avant d'avoir vieilli, avant d'avoir atteint ce moment de sa vie sur lequel il sentait peser le poids énorme et obscur du passé, elles étaient si nombreuses – innombrables – qu'il avait renoncé à s'en faire une idée exacte, ou à évaluer précisément la place qu'elles tenaient dans son existence. C'étaient, ces images scintillantes et contradictoires d'Esther présentes à la mémoire de Jean-Jacques, et toutes singulières, tenaces, une foule bienveillante et familière qui accompagnait la moindre de ses pensées et le moindre de ses sentiments, qu'il fût de dépit et de découragement du monde, ou au contraire de cet amour naïf, qu'il appelait lui-même de la complaisance, qui le portait parfois vers les choses ou les êtres. Son existence leur était, croyait-il, entièrement dévouée ; elle était placée sous leur signe. Elle n'avait de couleur, d'épaisseur et de consistance que tant qu'y était inscrite, évidente et équivoque, la figure d'Esther.

En hiver, c'était à la nuit tombée qu'Esther rentrait chez elle en passant par les allées du parc Monceau, dont elle avait rêvé, lui dit-elle ce jour-là, encore cette nuit ; et particulièrement de ce carrefour qui domine la pente si raide de l'avenue de Messine – si raide, du moins, dans ce rêve dont elle parlait, comme toujours, de manière brève et pleine de signification, comme si le seul fait de le mentionner eût revêtu un sens caché que Jean-Jacques tâchait de déchiffrer, bien sûr, d'avance, car il avait l'expérience des récits d'Esther, qu'il n'y parviendrait pas –, bordée de hauts immeubles blancs. Il lui semblait, vers cinq ou six heures du soir, en hiver, qu'elle n'en verrait jamais la fin ; elle commençait à s'y avancer avec une sorte de circonspection et cette impression de tristesse qui enveloppait maintenant ses rêves lorsque y surgissaient soudain, rectilignes et vides, interminables, ces longues rues du huitième arrondissement où le soir on ne croisait personne, à peine, de temps à autre, des enfants qu'elle ne connaissait pas, mais qui comme elle rentraient de l'école, avec aussi une forme de curiosité à l'égard de la rue de Lisbonne, qu'elle aurait pu prendre pour rejoindre la rue Portalis, mais dans laquelle elle ne s'engageait pas, parce qu'on le lui avait interdit.

Lorsqu'elle rentrait ainsi chez elle, à la nuit tombée, il lui fallait traverser une bonne partie du parc, en empruntant cette allée écartée et sinueuse où s'ouvre la grille qui donne sur la rue Rembrandt ; il y avait sur sa gauche un vallonnement doux, et l'espace immense et désert qui aboutissait à la rotonde. Puis elle se retrouvait devant l'abîme de l'avenue de Messine ; à partir de là, et de plus en plus à mesure qu'elle se rapprochait de la maison, son inquiétude grandissait, devenait en elle une plante solide, forte, indéracinable, pleine de sève et de vigueur. Il y avait une partie de l'âme et de l'esprit d'Esther où continuait à luire le sentiment de tranquillité qu'elle avait eu l'habitude d'éprouver à l'idée de rentrer chez elle ; c'était un sentiment fait du souvenir de la lumière vive qui brillait dans l'entrée, aux murs tendus de rouge, et de la lumière plus douce du salon, qui était gris, de la chaleur de l'appartement et du son du piano, sur lequel jouait sa sœur. Mais cette partie de son âme n'irradiait plus ; elle demeurait isolée, impénétrable ; elle restait en place, immobile et indestructible, par elle ne savait quel miracle, ou quelle inquiétante étrangeté. C'était une part d'elle-même qui n'avait plus rien à voir avec ce qu'Esther était devenue, une petite citadelle sur laquelle le monde n'avait pas de prise, qui surplombait le monde sans plus entretenir aucune relation avec lui, comme si, depuis longtemps, elle ne lui avait plus envoyé d'ambassade, et avait refusé d'en recevoir ; une citadelle abandonnée, déserte, un petit point lumineux dans la nuit, mais sans vie, et qui n'éclairait plus rien, dans le froid de l'hiver. La plus grande partie de l'âme et de l'esprit d'Esther était habitée par l'inquiétude, qui se transformait en terreur à mesure qu'elle descendait l'avenue de Messine et qu'elle approchait de la maison.

« Tu n'as donc de compassion pour personne, Esther ? » lui demanda Jean-Jacques ce soir-là, tandis qu'ils se promenaient sur la passerelle des Arts.

Elle lui avait dit qu'elle aimait cet endroit plus que tout, avec ce mélange d'exaltation et de sérieux qui lui était particulier, un sérieux qui n'était pas loin de ressembler à du mécontentement, une forme de mécontentement obstiné, radical, devant les choses, qui avait beaucoup amusé Jean-Jacques dans les premiers temps de leur liaison, parce que, disait-il, il n'y voyait pas malice – c'était l'une de ses expressions favorites.

Il pleuvait à verse. Les voitures roulaient sur le quai de Conti, derrière eux, dans un bruit d'eau et de vent. Toutes les lumières de la rive droite étaient brouillées. On distinguait à peine, derrière le rideau de pluie, les deux clochetons verts qui surmontent les guichets du Louvre. Les péniches passaient sur la Seine noire, au-dessous d'eux, parées d'ampoules vertes et jaunes, silencieuses, pensa Jean-Jacques, comme devaient l'être les barques des morts descendant les fleuves de haute Égypte, et l'apparat naïf dont on avait entouré celles-ci valait-il moins que l'autre ? Il imaginait des draperies mortuaires et des petites flammes allumées sur les berges pour accompagner les disparus dans l'au-delà ; mais où avait-il lu la description de ces cérémonies funéraires ? Ne l'avait-il pas inventée, porté par ce trait de son caractère contre lequel il avait depuis longtemps cessé de lutter, et qui le conduisait à imaginer plutôt qu'à vivre ?

C'est ainsi, il s'en souvenait bien, que l'avait un jour défini Esther, sans que ce fût d'ailleurs sur le ton de la remontrance ou de la déception ; elle n'accordait à personne suffisamment d'intérêt pour que ses sentiments fussent portés à ce point d'acuité où ils auraient pu ressembler à du dépit, ou simplement à de la désillusion, et Jean-Jacques pensait parfois qu'il était, de tous les individus qu'elle connaissait, seulement celui qui lui était le plus familier – ou, corrigeait-il, de tous ceux qu'elle côtoyait, car qui d'autre connaissait-elle qu'elle-même ? Mais au moins, sur ce sujet précis, dans ce domaine complexe, insaisissable, qu'était le caractère d'Esther, elle avait fini par acquérir une science que Jean-Jacques se plaisait à qualifier d'exacte, en sorte qu'il était impossible de la prendre en défaut. Il s'y était essayé, en vain : il n'y avait rien que l'on pût apprendre à Esther sur elle-même.

Elle était dure, monolithique, rayonnante, et sereine. Elle était indestructible, songeait-il en la serrant contre lui tandis qu'ils se penchaient sur l'eau pour voir passer les bateaux, et comme elle se dégageait de cette étreinte pour s'appuyer seule sur le rebord de bois, y posant ces vieux gants verts qu'il lui voyait depuis plusieurs années, tant elle était attachée aux choses, et qui étaient ce soir-là déjà trempés de pluie, il lui demanda, observant le haut immeuble de la Samaritaine, grand paquebot blanc amarré au bord de la Seine, sa vaste façade de pierre, les petits drapeaux qu'on y avait fichés de chaque côté, comme des fanions, et qui restaient droits dans la bourrasque : « Esther, tu n'as donc de compassion pour personne ? »

Elle ne prit pas la peine de lui répondre. Il y avait longtemps qu'elle ne faisait plus, comme elle disait, de cérémonies avec lui. Ce constat, la première fois qu'elle l'avait prononcé, avait ravi Jean-Jacques. Il y avait vu la promesse d'une plus grande intimité avec Esther ; il en avait présagé une transparence des sentiments dont l'idée l'avait transporté. Il s'était ensuite demandé à quel genre de cérémonies elle avait bien pu faire allusion, puisqu'elle était la personne au monde la moins encline à prodiguer ces formes d'attention que Jean-Jacques persistait à appeler de la politesse, et elle, des singeries. Il était bien sûr cependant que la notion de cérémonie n'était pas absente de la vie d'Esther, de ses pensées, ni de sa pratique ; il était même disposé à croire que l'existence d'Esther était à elle-même une cérémonie dont il n'avait pas encore bien saisi toutes les règles et toutes les nuances, encore moins la finalité ; il croyait d'ailleurs fermement que c'était cette imperfection ou ce manque de clairvoyance de sa part qui le tenait écarté du cœur d'Esther, ce dont il se consolait assez mal, et il n'avait pas perdu l'espoir de parvenir un jour, à force de respecter ces rites sans les comprendre, à se fondre dans ce qu'on attendait de lui, à faire illusion, à être admis enfin dans la célébration du mystère. Mais il était encore loin du compte. C'est ce qu'elle lui avait dit, avec ce souci du mot juste qui pouvait ressembler à de l'obligeance, mais était simplement l'effet de l'obstination songeuse qu'elle mettait en toute chose : « Tu es loin du compte », lui avait-elle répondu, posée et sans ménagement, le jour où il avait affirmé que son plus cher désir était qu'elle n'eût plus de secret pour lui.

Il se souvenait de cette réponse, observant Esther sur la passerelle des Arts, son visage rond ruisselant, comme s'il avait absorbé toute la pluie qui tombait à verse ce soir-là sur Paris, sans qu'elle y prît garde, occupée à suivre le sillage lumineux des péniches sur l'eau noire. Et Jean-Jacques se sentit d'un coup, tandis qu'elle tournait vers lui son visage paisible et trempé par la tempête, en effet, terriblement loin du compte, et finalement pas fâché de ce répit, de cette permission de s'éloigner qu'on lui accordait sans regret.

Ils rentrèrent chez elle en passant par la rue Bonaparte, dont toutes les vitrines étaient illuminées. Esther marchait comme une ombre à côté de Jean-Jacques ; il songea qu'elle était une ombre parmi les ombres, silencieuse, docile comme les ombres, et peut-être, aussi, pourvue de cette sagesse qui n'appartient qu'aux morts – ou que l'on prête si volontiers aux morts, conclut-il pour lui-même, parce que l'on se reproche d'être encore vivant, quand ils sont ensevelis à dix mètres sous terre, ou parce que l'on pressent, même si l'on ne s'en fait pas encore une idée très claire, qu'on finira par connaître le même sort, et que l'on tâche de s'en prémunir, en imaginant que ce jour-là, enfin, on accédera à la sagesse des dieux. Elle était comme une ombre à côté de lui, à peine éclairée, par intermittence, par les lumières devant lesquelles elle passait. Aurait-il été la chercher jusque dans les enfers ? Et qu'aurait-il fait d'elle, de son sourire sibyllin, une fois revenu sur terre ? Serait-il parti en quête des derniers morceaux de son corps, éparpillés dans le delta du Nil ? « Mon Dieu non », se dit-il, plein de sollicitude et tenté de passer sa main dans les cheveux blonds d'Esther ; l'idée que ce corps dont l'odeur lui était si familière pût être démembré, jeté aux vents, dispersé sans rémission, l'emplissait de bonheur et de sentiments bienveillants. Esther savait-elle seulement à quel point elle était aimée ?

Comme ils arrivaient devant Saint-Germain, les cloches de l'église se mirent à sonner, et leur bruit sourd enchanta Jean-Jacques. Il demanda à Esther de s'asseoir à côté de lui dans le petit square de la rue de l'Abbaye ; ce qu'elle fit. Il n'avait rien à lui dire, il s'en faisait la remarque avec satisfaction. Elle était à côté de lui parce qu'il le voulait bien ; elle avait peut-être un peu froid, mais ne s'en plaignait pas. Un jour, songea-t-il tout à coup, cet instant qu'il vivait ferait partie de ses souvenirs ; ce serait peut-être, un jour, un souvenir sur lequel il n'aimerait pas revenir, parce qu'Esther ne serait plus cette jeune femme enfouie dans un vieux manteau vert, les joues rougies par le vent, qui était en ce moment assise à côté de lui, ni cette autre qui, dans l'appartement de la rue Saint-Florentin, s'endormait d'un coup, en lui tournant le dos, après l'avoir laissé faire d'elle ce qu'il voulait, comme si cela, au fond, lui eût peu importé – et il ne doutait pas que cela lui ait, en effet, très peu importé ; et puis il se levait, traversait la bibliothèque encombrée de livres, de papiers, de caisses, d'aquarelles, de dessins et d'objets qu'il avait rapportés de ses voyages, en faisant grincer le plancher, allait jusqu'au bout du corridor, dans la cuisine dallée de rouge et de blanc, et y restait assis, enfin seul, regardant, derrière les vitres dépolies de la fenêtre, les lumières qui s'allumaient de temps à autre dans la cour, ou bien simplement la nuit, qui était comme une matière dans laquelle il s'abîmait, une obscurité de tombeau par laquelle il se laissait engloutir, étreint par l'inquiétude et la plus grande joie.

Esther, qui dormait sans souci, qui l'observait en ce

moment même sans lui témoigner d'affection, dont il connaissait par cœur le visage imparfait, Esther, qui l'avait accompagné où il avait voulu l'emmener, qui l'écoutait toujours, sans manifester d'intérêt, pourrait un jour lui être interdite ; il pourrait finir par oublier son sourire simple et cette façon qu'elle avait de s'abstraire des conversations les plus anodines, de ne plus être là, tout à coup, précisément cette façon qu'elle avait de ne plus habiter son corps lorsque Jean-Jacques le touchait, de fermer les yeux lorsqu'il l'embrassait – mais ce n'était pas chez elle l'expression du plaisir, simplement celui de l'absence –, cette façon qu'elle avait d'être un peu morte, disparue, sans qu'elle lui eût jamais dit où elle allait – nulle part sans doute, songeait-il ; et il est vrai qu'il lui arrivait de penser (c'était pour lui un grand réconfort) que les silences d'Esther n'étaient qu'un aperçu qui lui était donné tout à coup de son immense sottise (un tel désintérêt pour le monde pouvait-il avoir un autre nom ?) et que la nature humaine était bien misérable, qu'il lui faille ainsi, obstinément, s'effrayer du vide, de l'inutile et de l'imprévisible, au point de refuser de les reconnaître quand elle les rencontrait dans un être.

Esther, qui était à lui, ne lui appartiendrait peut-être plus, sans qu'il l'ait prévu, sans qu'il s'y soit préparé, et cet instant passé dans le square de la rue de l'Abbaye, près d'elle qui ne disait rien, serait peut-être l'un de ses plus précieux et de ses plus pénibles souvenirs. Il lui prit la main, qu'elle ne retira pas cette fois – mais c'était de sa part lassitude et complaisance, rien d'autre, il en était certain –, et, pour conjurer le sort, il lui dit qu'il l'aimait. A quoi elle répondit qu'elle l'aimait aussi, et il ressentit de cette obligeance un tel écœurement qu'il eut envie de la planter là et de rentrer seul rue Saint-Florentin ; mais les cloches de Saint-Germain, qui continuaient à sonner, l'incitèrent à plus d'aménité. « Tes pieux mensonges, Esther, te vaudront le paradis », lui dit-il en la serrant bien fort contre lui. Il éprouvait pour elle une immense pitié.

Le lendemain, il partirait pour Nevers, où il avait une maison. Esther, tandis qu'il serait assis dans le train qui traverserait une campagne glacée, s'amenuiserait, disparaîtrait de son esprit et de ses souvenirs. C'était un exercice difficile, et que, dans les premiers temps, il n'aurait pas cru pouvoir mener à bien ; il y parvenait à présent, et s'en félicitait. Il y avait, il est vrai, des années déjà que durait ce qu'il appelait, faute de trouver un mot plus approprié, son amour pour Esther. Il avait réussi, à force de patience, et d'une sorte d'abnégation, à le circonscrire. Il avait veillé, après la souffrance des premiers mois, à ce que ce sentiment dont il n'avait pas voulu, et qui l'encombrait, le distrayait de lui-même, hélas, et même du reste du monde, trouve sa place en lui, une place que Jean-Jacques, qui avait le souci des proportions, de la mesure et de l'équité, estimait juste. Puisqu'il ne pouvait faire autrement que de cohabiter avec cet amour, il l'avait assigné à résidence dans une partie de lui-même qu'il refusait désormais d'arpenter et d'explorer – et lorsqu'il lui arrivait encore, par mégarde, de s'y aventurer, c'était toujours à regret. C'était un espace sur lequel il prenait soin de tenir la porte bien fermée. Il advenait malheureusement que s'en échappent, au moment où il s'y attendait le moins, des bouffées de tristesse ou, pire encore – c'était là, vraiment, ce qu'il craignait le plus – des élans de joie dont il ne comprenait pas l'origine, qu'il n'avait, songeait-il, pas mérités, qui cependant paraient Esther d'un charme et d'une vivacité dont elle était d'ordinaire dépourvue, faisaient d'elle l'éclatant et inquiétant principe de la vie de Jean-Jacques, le dépossédaient de lui-même, puis le laissaient désemparé.

Quel bonheur ce serait, songeait-il, dans le bruit des cloches qui n'en finissait pas, que de se promener dans Nevers où elle ne serait pas, de s'y ennuyer sans elle, de marcher dans la campagne où résonneraient les coups de fusil des chasseurs, de ne trouver au spectacle des champs recouverts d'un peu de neige qu'un intérêt convenu, à peine mélancolique, qui le renverrait aux premières années de son enfance, de retarder, autant qu'il serait possible, le moment de rentrer à Paris, d'imaginer, avec un peu d'appréhension, qu'on pourrait s'accoutumer à cette région, pour laquelle Jean-Jacques n'avait pas plus d'attachement que pour une autre – mais, à vrai dire, exactement le même attachement que pour n'importe quelle autre, ce sentiment fait d'ennui, de dépaysement et d'une sorte d'ivresse qu'il avait pour toutes les villes de province.

Au bout d'un jour ou deux, il ressentirait la nostalgie de la rue Saint-Florentin, des promenades qu'il faisait, durant ces soirées d'hiver, aux Tuileries, passant devant le manège peint de couleurs bleues et dorées qui tournait et brillait dans la nuit, et dont la musique dissonante et cristalline s'entendait encore au-delà, jusqu'au milieu des arbres qui sont devant le petit bassin rond, du côté du Carrousel, masse sombre et touffue qui donnait à Jean-Jacques l'impression de se trouver seul au milieu d'une forêt, tandis que les lumières de la rue de Rivoli, derrière les grilles, vives et intermittentes, paraissaient celles d'un autre monde. Il quitterait Nevers, rentrerait chez lui, ne prendrait pas la peine d'allumer les lampes du grand appartement désert, resterait assis dans la bibliothèque, observant les rayons jaunes ou blancs qui de la rue parviendraient jusqu'à lui et flotteraient au plafond. Il ne penserait à rien, sinon qu'il était revenu, que l'immense silence qu'il devinait au-delà des bruissements et des murmures, la tranquillité familière qui l'accueillait, l'extraordinaire douceur de la nuit étaient ceux de Paris. Il ne penserait à rien, sinon qu'il était chez lui, que le voyage qu'il venait de faire n'avait pas plus de réalité qu'un rêve; un rêve qui n'avait, une fois de plus, eu pour fonction que de convaincre Jean-Jacques de cette vérité d'évidence dont il ne pourrait jamais épuiser toute la saveur : il n'y avait pas de plus grand bonheur que de se retrouver enfin dans cet appartement vide, comme dans un bateau assailli par l'hiver, d'y demeurer seul, immobile, attentif seulement aux rumeurs et aux reflets qui montaient jusqu'à lui de la ville endormie.

2

Cyrille Mélanchon était né en 1947 à Angers, ou plutôt dans un faubourg d'Angers, mais il mettait le plus grand soin à dissimuler ce détail, qui était, disait-il, une circonstance aggravante. Depuis, il avait voyagé : il avait été en Inde, à Pondichéry, dont il gardait un souvenir ému, mais aussi à Calcutta, dont il parlait avec componction, parce que la mort, racontait-il, y était partout présente ; il ajoutait qu'il y avait rencontré des hommes qui étaient des saints. Il avait aussi parcouru l'Europe, principalement l'Europe qu'il persistait à appeler de l'Est, parce qu'il trouvait cela pittoresque (il disait, par pudeur, pittoresque, mais il pensait poétique), dont il se flattait de connaître toutes les capitales, jusqu'à Saint-Pétersbourg. Il avait abordé en Asie, après avoir traversé le Bosphore : dans un dîner, il savait mieux que quiconque parler d'Istanbul.

C'est sans doute pour cette raison qu'on le voyait si souvent hors de chez lui, où il s'ennuyait d'ailleurs ; il habitait un petit appartement dans le quatorzième arrondissement de Paris, à l'endroit où la rue d'Alésia rejoint l'avenue René-Coty. « Ce n'est pas bien gai », disait-il avec une brusquerie qui s'apparentait sans doute, dans son esprit, à de la franchise. Il tenait cet appartement de sa mère, dont il avait dû se séparer dans les derniers temps de sa vie car, expliquait-il avec, cette fois, dans le ton, quelque chose qui ressemblait à de la fierté, elle avait perdu l'esprit. Cet héritage avait été l'objet d'âpres conflits entre Cyrille et sa sœur : tous deux contestaient la part qui était échue à l'autre – une armoire Louis-Philippe, singulièrement, avait cristallisé toutes leurs rancœurs –, et Cyrille en avait conçu une grande amertume et une grande défiance, disait-il, vis-à-vis de la nature humaine. Il ne parlait plus de sa sœur, dont il désapprouvait le mariage, qu'en termes peu amènes, et refusait de se rendre chez elle ; elle était pourtant toute la famille qui lui restait, mais il était assez satisfait d'indiquer qu'il pouvait se passer des affections ordinaires.

« Qu'est-ce que c'est que ça, Mélanchon ? » s'était insurgé Arno Bozza la première fois qu'on avait prononcé ce nom devant lui, et il était parti d'un grand éclat de rire. « Mélanchon, mais d'où ça sort, Mélanchon ? » avait-il ajouté, éperdu, et jouissant du succès que lui valait cette petite comédie auprès d'Esther, qui riait elle aussi, et essayait de dire, mais n'y parvenait pas, que Cyrille était un vieil ami.

Cyrille, du reste, était habitué à ce que son patronyme suscite le sourire ; il affirmait parfois, avec un peu d'arrogance, que c'était un nom bien français ; d'autres fois, il avouait, dans un soupir, que c'était hideux que de s'appeler Mélanchon, une vraie malédiction, et que pour cette raison il avait longtemps cru qu'il n'aurait jamais d'enfant. Son propre père était mort quand il avait cinq ans. Il n'en parlait pas, parce qu'il n'avait rien à en dire. Il avait tout oublié de lui, jusqu'à son visage, et si sa mère n'avait pas recouvert le manteau des cheminées et les guéridons, dans leur petite maison des faubourgs d'Angers, de photographies de lui, toutes encadrées de noir, il n'aurait jamais pu s'en former une idée. Quant à la voix de son père, évidemment, il n'en avait aucun souvenir. S'il avait commencé par se taire sur cette partie de sa vie, c'était donc par nécessité. En vieillissant, toutefois, il aurait pu forger de faux fragments du passé à l'usage de ses interlocuteurs, mais il ne l'avait pas fait : à la réflexion, il lui avait semblé que, sur ce point, le silence était plus noble, et plus douloureux. C'était aussi une décision économique : il préférait préserver sa verve, qu'il dilapidait dans ses récits de voyage. C'était enfin, de sa part, un acte de prudence : il n'était pas sûr que le registre funèbre convînt à son talent de conteur.

Il avait beaucoup grossi pendant ces dernières années. Il s'était persuadé que l'embonpoint était assez seyant, à partir d'un certain âge. Il aurait bientôt cinquante ans, et s'en félicitait. Il n'était pas, comme d'autres, qui, affirmait-il, n'avaient pas de philosophie, mécontent de vieillir : jeune homme, il avait été gauche, peut-être même malheureux ; il était maintenant comme quelqu'un qui a fait ses classes, son temps, disait-il ; il en venait enfin aux choses sérieuses. C'était pour cette raison qu'il avait grossi : parce qu'il était devenu un homme grave, qu'il s'était peu à peu débarrassé de tout le superflu qui encombrait son caractère, cette gangue, cette carapace de mots et de comportements appris derrière laquelle on dissimule – « Mais, juste ciel, pour quel profit ? Et quand on se rend compte de cette vérité, comme on regrette le temps perdu ! » soupirait-il parfois – ce que l'on est vraiment. Il avait, en contrepartie, acquis de l'épaisseur, du savoir, de la pesanteur ; il était plein d'expérience. En somme, il était devenu ce qu'il était, et en tirait une certaine satisfaction, qu'il trouvait bien légitime.

Comme il avait grossi, il avait eu des enfants, et de ce prolongement de soi, qui vivait, bougeait, mangeait et emplissait l'espace, il était aussi très content. Il s'était dilaté, il avait atteint des dimensions qu'il n'aurait pas soupçonnées, lorsqu'il grandissait dans la petite maison d'Angers et que le dimanche ses parents l'emmenaient se promener au bord de la Loire – sur laquelle, aimait-il rapporter, les couchers de soleil sont magnifiques ; il disait aussi que c'était le plus beau fleuve du monde. Malheureusement, la maison d'Angers était revenue à sa sœur, puisqu'il avait reçu l'appartement de la rue d'Alésia, et s'il lui arrivait de regretter la façon dont s'était fait ce partage, c'était parce qu'on l'avait privé – ce n'était pas que sa mère eût voulu mal faire, il était certain au contraire de sa bonne volonté, mais parfois les meilleures intentions portent de mauvais fruits – de quelque chose qui lui revenait de droit : la douceur de ces promenades au bord de la Loire, son père et sa mère marchant ensemble, sur le chemin de halage, lui et sa sœur courant en avant, s'arrêtant pour observer un objet qui flottait sur l'eau, les nuages, le souffle du vent dans les herbes, revenant vers leurs parents, qui s'inquiétaient qu'ils ne prennent froid et, les soirs d'automne, écourtaient la promenade : il fallait revenir, avant qu'il fasse nuit, dans la maison de la rue de l'Ours, avec son toit d'ardoises, son jardin entouré de murs gris, dans lequel on entrait par un portail qui s'ouvrait en carillonnant ; il y avait du gravier devant le perron, une allée de peupliers de l'autre côté et, derrière, une voie de chemin de fer désaffectée et deux silos blancs. Dès qu'on était parvenu dans le vestibule, on enlevait ses chaussures pleines de terre et on mettait des patins de feutre. Cyrille aurait souhaité que ses propres enfants aient eux aussi le privilège de connaître la maison d'Angers, et qu'ils goûtent un peu de la vie qu'il y avait connue, tant il était convaincu que ce qui lui avait profité devait profiter à ses trois fils, pour lesquels il voulait être un modèle.

Comme il aimait la peinture italienne, il les avait appelés Raphaël, Michel et Léonard. Il leur avait donné une éducation particulière, où il avait mis, disait-il, le meilleur de lui-même. Il considérait qu'il n'y a de véritable réussite que dans l'épanouissement de l'intelligence, et que tout individu raisonnable est également pourvu de cette faculté. Il avait donc cherché avant tout à la développer chez ses enfants, dont il disait d'ailleurs sans scrupule qu'il préférait les voir dotés d'un immense savoir et malheureux, plutôt que l'inverse – comme s'il avait fallu choisir entre ces deux hypothèses. Qu'il ait été en son pouvoir de les doter d'un immense savoir, cela, il n'en doutait pas un instant. Il avait lui-même accumulé, pendant des années, les bases de ce savoir, les fondements de ce monument qui n'avait pas d'équivalent : c'était un peu, se plaisait-il à imaginer, comme les murailles énormes qui avaient entouré le phare d'Alexandrie, et dont on venait de retrouver des vestiges dans la Méditerranée – il l'avait lu dans les journaux, et cet exploit de l'archéologie sous-marine l'avait rempli d'émerveillement. Peut-être, s'avouait-il à présent, avait-il élevé, patiemment, depuis des années, les soubassements de cet édifice en pensant obscurément à eux, ses fils, qui n'existaient pas encore, mais qui étaient venus tout à la fois lui donner raison et parachever son œuvre, lui donner l'élan et la magnificence qui lui manquaient encore.

Parti de rien, comme il disait – son père avait fondé une petite usine qui fabriquait des confitures, et avait retiré de cette entreprise une certaine aisance, sans que cette modeste opulence, si honnêtement acquise, ait suscité chez lui, et Cyrille le regrettait, un quelconque amollissement des sens, un goût pour la volupté, un intérêt pour les choses de l'esprit –, il n'avait pu, à lui seul, s'élever à la hauteur de son idéal. Il avait dû rattraper le temps qu'avait perdu, depuis des générations, la famille Mélanchon, persévérante, laborieuse, acharnée à s'enrichir, mais assez peu à parfaire son instruction. Il avait lu, disait-il, tous les livres, parcouru le monde, comparé les peuples et leurs civilisations, appris le turc, l'ourdou et l'ouzbek. Mais il n'avait jamais expliqué à personne ce qui avait présidé à ces choix. Il lui arrivait simplement d'avouer, avec un peu de fatuité, qu'il l'ignorait lui-même ; et il ajoutait qu'à l'évidence l'homme est poussé, jusque dans le domaine de l'intellect, par des considérations qui ne relèvent pas de la raison, par des motivations qui le dépassent. Il se réjouissait de cette simple idée, qu'il avait été conduit comme malgré lui, et pour céder à l'injonction d'un instinct bizarre, à apprendre l'ourdou. Il le parlait du reste assez correctement, tout comme le turc. Cependant, l'ouzbek avait sa préférence : il l'enseignait à l'Institut des langues orientales où, bon an mal an, deux ou trois élèves, eux-mêmes ouzbeks, venaient suivre ses cours.

Cyrille, qui se liait facilement, entretenait avec certains d'entre eux des relations qui n'étaient pas d'amitié, car, affirmait-il, il n'y a rien de plus suspect que l'amitié – l'amour, il n'en parlait même pas –, ce sentiment si mêlé d'amour-propre, mais de bonne entente ; il les invitait à venir dîner dans son appartement de la rue d'Alésia, où il leur servait du poisson ; il avait la viande en horreur, et professait à ce propos une certaine croyance dans la réincarnation. Il s'adressait à eux comme à des disciples, estimait qu'il se devait de leur léguer quelque chose de lui-même, leur prêtait ses livres, leur parlait de la campagne aux alentours d'Angers, des soirées au bord de la Loire, de l'allée de peupliers au fond du jardin de la rue de l'Ours. L'été, il lui arrivait de passer quelques semaines en villégiature à Tachkent, ville inhospitalière dont il faisait ses délices ; l'hiver, il préférait rejoindre la Turquie.

A dire vrai, son mariage, qu'il avait conclu assez tard, l'avait un peu éloigné de ces habitudes. Sa femme n'aimait pas les voyages ; l'ayant épousée, il se mit à manger beaucoup, à lire davantage, et visita moins les pays étrangers. Ensuite, la naissance de ses fils vint atténuer le zèle avec lequel il prenait soin de ses fidèles ouzbeks. Raphaël, Michel et Léonard requéraient toute son attention. Ils avaient une dizaine d'années et connaissaient déjà par cœur la géographie de l'Europe et de l'Asie, les rudiments des langues qu'avait apprises leur père – auxquels Cyrille avait cru bon d'adjoindre quelques notions de russe –, et l'histoire de l'Empire ottoman. Ils n'en étaient pas, d'ailleurs, malgré les prévisions que Cyrille avait cru bon de faire sur ce point, malheureux pour autant. Au contraire, comme le faisait remarquer avec fierté leur mère, ils prospéraient. C'étaient des enfants étourdis, replets comme leur père, joyeux et raisonnables. Ils n'avaient pas mis de désordre dans l'appartement de la rue d'Alésia ; ils s'y déplaçaient en silence, comme des divinités bienveillantes, dont il était assez facile de se concilier les bonnes grâces. Ils n'étaient pas exigeants, et Cyrille n'avait pas eu besoin de se montrer sévère avec eux ; l'eût-il fallu, qu'il l'eût été. Il aimait rappeler qu'il avait lui-même fait l'objet d'une éducation rigoureuse, et concluait qu'il ne s'en portait pas plus mal. Sa mère l'emmenait parfois, pendant la semaine, à l'usine de confitures et lui disait, lorsqu'ils en ressortaient, qu'il serait plus tard comptable de la bonne santé de cette entreprise. Il en avait retiré un orgueil qu'il n'avait jamais jugé vain ; et il avait appris à ses enfants qu'il n'y a pas de sot métier, que tout dépend de la façon dont on exerce son art. Car l'une de ses maximes favorites était aussi que toute occupation est un art : il était lui-même un artisan de l'ouzbek, du turc et de l'ourdou, et se trouvait, à l'issue d'une heure de cours pendant laquelle il avait réussi à faire comprendre un difficile point de grammaire à ses élèves, aussi heureux, et harassé, que son père évaluant sa production de pots de confitures.

Il veillait également à ce que ses fils reçoivent une éducation religieuse. Il déplorait que l'Église catholique ait perdu, tout au long de ce siècle, un peu de son âme, et ait fini par préférer l'enseignement d'une morale, somme toute, laïque à l'étude appliquée des textes de l'Évangile. Il disait volontiers que le message du Christ, tel qu'il était traduit dans les sermons du dimanche, était méconnaissable, qu'on lui avait retiré tout son sel ; c'est pourtant le propre du sel que de brûler les plaies sur lesquelles on l'applique – cette image lui plaisait tout particulièrement. Il pensait aussi qu'il n'y a pas d'éthique sans un peu de douleur, et pas de religion sans un peu de révolution. Les nantis de ce monde, disait-il, les pharisiens et les docteurs, ont oublié que la Loi brûle et consume ceux qui se font un devoir de la respecter. Mais les véritables croyants (et il se comptait parmi ceux-là, sans préciser de quel dieu il était le dévot) savent qu'obéir aux commandements divins, c'est souffrir de redoutables tourments, et qu'il n'y a pas d'accomplissement heureux de la parole venue d'en haut. C'est lors d'un dîner où Cyrille tenait des propos de ce genre qu'Arno Bozza avait fait sa connaissance, et l'avait pris pour un fou. Il avait affecté ensuite, pendant plusieurs mois, lorsqu'il parlait de lui à Esther, de l'appeler Méthode, ou bien l'Évangélisateur des Slaves, ce qui amusait Esther, bien qu'elle manifestât beaucoup d'indulgence à l'égard de Cyrille.

L'indulgence était un sentiment largement partagé par les amis de Cyrille, qui ne s'offusquaient pas de ses jugements à l'emporte-pièce, de ses mouvements d'humeur, de ses oublis, ou de ses tristesses, devenues fameuses : elles le rongeaient sans qu'il acceptât jamais de dire quelle en était la cause, mais sans qu'on pût le soupçonner de s'y livrer avec ostentation ; elles l'accaparaient au point qu'il lui arrivait de refuser de sortir de chez lui – il disait, dans ces cas-là, que la lumière du jour le faisait souffrir, que l'air qu'il respirait lui semblait empester, qu'il redoutait qu'une terrible épidémie ne se fût abattue sur la ville –, d'annuler ses cours, et de passer des heures lové dans le plus confortable fauteuil de sa bibliothèque, incapable d'ouvrir un livre, de répondre aux questions qu'on lui posait, et de s'intéresser à autre chose qu'à lui-même. Il pouvait rester ainsi, pendant une journée entière, d'une immobilité de statue, et rien ne le distrayait de ce que, autour de lui, on était bien obligé d'appeler sa peine – c'était faute d'avoir trouvé un mot plus juste, et parce que celui-là avait sur les autres l'avantage de ne pas laisser entendre que, peut-être, Cyrille était malade.

C'était toutefois, avait-il consenti à révéler, un état qui avait peu à voir avec la prostration ; davantage, avait-il ajouté, avec la contemplation. Il avait laissé entendre à certains de ses proches que pour rien au monde il n'y aurait renoncé, parce que c'était aussi la source d'une très grande joie. Mais cet élément, qui obscurcissait encore la compréhension et décourageait les meilleures volontés, était généralement laissé de côté par ceux qui s'intéressaient à ce curieux cas psychologique : on préférait s'en tenir à une interprétation plus classique, et le bruit courait donc que Cyrille souffrait de mélancolie. Qu'y avait-il là d'étonnant, ajoutaient les mieux intentionnés, quand on savait qu'il était né dans une fabrique de confitures, et y avait été élevé par une mère peu portée à la fantaisie ? Cyrille avait eu beau chercher le divertissement jusque dans les ruelles de Samarcande et de Boukhara, il était trop tard : les fantômes d'une enfance désolée l'avaient poursuivi jusqu'au fond de l'Asie centrale.

Sa sœur Marguerite, qui se flattait de le connaître mieux que quiconque, donnait cependant à qui voulait l'entendre un détail intéressant : elle affirmait que les premiers signes du mal s'étaient manifestés il y avait des années de cela, au retour d'un de ses voyages en Turquie, lorsque Cyrille était encore un très jeune homme. C'était, à l'époque, dans le jardin d'Angers, bourdonnant, écrasé sous la lumière blanche du soleil, qu'il avait ressassé sa tristesse. Elle avait duré des semaines ; c'était le plus terrible accès qu'il eût connu, et, somme toute, ceux d'aujourd'hui n'étaient rien à côté de celui-là, qui l'avait saisi, puis l'avait abandonné comme par enchantement, le laissant, un matin de ce mois d'août 1967 dont elle se souvenait encore, guéri, affable, tel qu'il avait toujours été, un peu étonné aussi, comme revenant d'un voyage beaucoup plus dépaysant et périlleux que celui qu'il venait effectivement de faire. De cette confidence qu'on lui avait répétée, Arno Bozza, décidément médisant, avait conclu que Mélanchon n'avait pas de véritable goût pour les femmes, qu'il est vain de vouloir contrarier la nature, et que ces moments d'écœurement et de frayeur qui le clouaient dans la pénombre de sa bibliothèque n'étaient que le souvenir des plaisirs interdits qu'il avait connus à Istanbul ou à Ankara à cette époque de sa jeunesse ; certainement, cette accoutumance au stupre, dans la chaleur torride de cet été exotique, avait dû terrifier un aussi bon chrétien.

La première fois que les amis de Cyrille avaient entendu cette explication, ils s'étaient récriés. Ils avaient demandé à Bozza de se taire, avaient mis en avant l'irréprochable vie de famille de Mélanchon, la santé resplendissante de ses trois enfants, et le caractère avenant de sa femme. Enfin, ils s'étaient tournés vers Esther, dont on attendait un verdict sans complaisance, et surtout frappé au sceau de l'authenticité, puisque (c'était une histoire connue de tous, Mélanchon pas plus qu'elle-même n'en avaient jamais fait mystère) elle avait passé avec lui quelques années de sa vie – deux ou trois, on ne savait plus très bien, pas plus qu'on ne savait par quelle alchimie étrange ils avaient pu se plaire, ni dans quelles circonstances ils s'étaient quittés. Esther avait certifié de bonne grâce que les mœurs de Cyrille étaient irréprochables et qu'elle n'avait jamais formé le moindre soupçon à ce sujet. Mais cette mise au point n'avait pas suffi à imposer le silence à Bozza, que le personnage de Mélanchon, apparemment, mettait en verve, et qui continua à colporter sa version des faits et à parler de langueur mélanchonesque. Comme il était persévérant, il eut gain de cause, et au bout de quelques années plus personne ne mit en doute qu'avait bien existé ce qu'il était désormais convenu d'appeler les amours turques de Mélanchon.

3

Marthe Mélanchon avait grandi dans une famille unie, dont elle avait hérité toutes les opinions. Ses parents avaient fait de leur vie entière la manifestation d'une adhésion fervente à ce qu'ils appelaient les valeurs républicaines. Il y avait, accroché au mur de leur salon, encombré par ailleurs de bibelots de toutes sortes, une photographie de Léon Blum, à qui ils vouaient une grande admiration. Ils reconnaissaient cependant qu'il avait eu des faiblesses : ils n'évoquaient qu'à regret l'épisode de la guerre d'Espagne, où ils auraient souhaité qu'il se montrât plus belliqueux. Ils avaient toujours voté, quelles qu'eussent été les circonstances, affirmaient-ils avec fierté, pour les représentants du parti socialiste, et leur choix politique s'accompagnait chaque fois de démonstrations d'enthousiasme. Ils étaient certains qu'il y a un progrès en histoire, et que le devoir du citoyen est de faire en sorte que ce progrès s'accomplisse. Leur ferveur s'était cependant un peu émoussée au fil du temps, soit parce qu'ils avaient pris de l'âge, et qu'avec l'âge les sentiments perdent de leur force – « les sentiments, peut-être, mais pas les convictions ! » lançait cependant Marthe, qui prononçait ce dernier mot sans cette fausse pudeur avec laquelle on le manie parfois, au contraire sur un ton de bravade, avec une franchise qui, confiait Mélanchon souriant tout à coup d'un sourire féroce, sentait bon la campagne –, soit parce qu'ils avaient constaté que tous leurs espoirs n'avaient pas été comblés. Ils ne voulaient pas non plus, affirmaient-ils encore, ajouter leurs clameurs à celles de tous les donneurs de leçons, qui prenaient d'autant plus aisément la parole qu'ils s'étaient, dans le passé, davantage égarés. D'ailleurs, qu'on se fût trompé dans le détail, disait volontiers Marthe, qui veillait à ce que ses parents, pour lesquels elle avait la plus grande déférence, ne faillissent pas, et portait à leurs moindres réflexions une attention sévère et inquiète, qu'on se fût trompé dans l'accessoire et l'anodin, cela devait-il empêcher de poursuivre l'idéal ?

Cette détermination dont elle faisait preuve dans la moindre circonstance de sa vie suscitait, chez ses interlocuteurs, un frisson de terreur en même temps que d'admiration : Marthe était décidément du bois dont on fait les saintes ou les révolutionnaires, une sorte de Jeanne d'Arc ou de Louise Michel, dans laquelle ses parents contemplaient leur œuvre et leur enseignement avec une légitime satisfaction. Mélanchon, quant à lui, aimait la comparer à la mère dont rêvait Saint-Simon, ou encore à celle qui offrait aux compagnons égarés sur la route le gîte et le couvert, et ces mots désuets – mère, compagnon, devoir –, auréolant Marthe d'une bonté toute neuve, pimpante et solide, dont il n'était pas sûr, devait-il s'avouer, qu'elle la possédât vraiment, le remplissaient d'aise. L'erreur, disait-elle volontiers, grisée par ses propres raisonnements, était l'une des données du jeu de la vie et des affections ; l'erreur, c'était le risque qui confère aux théories un peu de chair, ce qui fait que la réflexion est au-delà de la rhétorique. Finalement, c'était assez beau de s'être trompé, et plus encore de le reconnaître ; on en retirait comme une impression d'aventure. Ses parents s'étaient-ils trompés d'ailleurs ? A quelle aune les jugeait-on ? Y avait-il en ce domaine d'autres critères que ceux de la morale ? Or elle pouvait témoigner que leurs intentions avaient été pures. Ils avaient conservé, et c'était l'essentiel, le sens du peuple. Ce que c'était, au juste, que le peuple, et, plus précisément encore, que le sens du peuple, elle se gardait cependant de l'énoncer avec exactitude, de peur sans doute d'affadir une réalité terrible. Ainsi, elle restait fidèle à ce qu'on lui avait toujours dit, et qu'elle avait cru.

Elle n'avait de goût, disait-elle, que pour les idées. Elle disait aussi qu'elle les préférait aux hommes, parce que, avec les idées, on ne risque pas de se trouver déçu. Elle s'en était formé toute une compagnie, une légion légère et familière, toute une armée de certitudes sur laquelle elle savait pouvoir compter. C'est pour cette raison que Marthe n'avait jamais l'air de s'ennuyer, et qu'il était impossible de la prendre au dépourvu. Il n'y avait pas de sujet, si circonscrit et exotique fût-il, sur lequel elle n'eût une opinion ; mais ce qu'elle préférait – on pouvait le déduire à l'agitation de ses traits lorsqu'elle les abordait, à la fixité de son regard, au mouvement qui la portait alors vers son interlocuteur comme vers un adversaire dont il importait au plus haut point qu'elle le terrassât, et vite –, ce à quoi elle revenait inlassablement, c'étaient les questions de morale et de politique. Il émanait d'elle, dans ces moments-là, et du flot de ses propos, une ferveur que l'on pouvait trouver poétique ; Mélanchon l'appelait sa pythie, et mettait certainement dans ce mot beaucoup d'affection. Le temps passant, et son énergie s'étant peut-être amoindrie (de même que son visage dur s'était usé, arrondi et affadi sous l'effet des années, et que sa silhouette de statue s'était un peu affaissée), elle avait appris – elle le disait avec une feinte humilité – à se cantonner aux vraies interrogations de cette fin de siècle. C'est ainsi que les bienfaits de la laïcité et les méfaits du chômage surnageaient à la surface de sa conversation jadis plus flamboyante, comme les morceaux épars d'un galion naufragé, dont la cargaison d'or et de bois précieux aurait coulé par cinquante mètres de fond, et qui flottent encore après la tempête, puis tournoient un dernier moment sur l'eau grise avant d'y être engloutis.

C'était, il l'avouait sans ambages, pour cela que Mélanchon l'avait épousée, pour ce qu'il appelait sans acrimonie sa propension au délire. Et par délire il n'entendait pas fureur, ou vindicte, ou rage ; il voulait simplement signifier que les discours sans faille et sans fin de Marthe, cet intérêt qu'elle manifestait sans faiblir pour tout ce qui l'éloignait d'elle-même et de ses propres sentiments – car il était difficile d'imaginer, malgré la virulence de ses dénégations, qu'elle fût, comme elle le disait, tout à fait dépourvue de sentiments –, cette foi qu'elle avait dans la raison, ce mépris qu'elle professait pour les hommes, ce grand cours de morale et de civisme qu'elle s'employait, jour après jour, à administrer à ses proches, sans jamais manifester de dépit ou de découragement, cela avait quelque chose de beau, et surtout d'entêté, de simple, de prévisible, une vertu domestique, en somme, qui était finalement le meilleur que pouvait donner une femme. C'était l'expression d'une qualité aussi louable et précieuse que l'économie ou la constance de Marthe, sur lesquelles Mélanchon savait pouvoir compter en toutes circonstances, et qui lui était, au fil du temps, devenue nécessaire. Marthe avait fini par remplir entièrement l'espace de leur appartement de la rue d'Alésia, par y empiler, y amasser, y faire tenir en bon ordre ses sermons, ses truismes et ses professions de foi, au point qu'il n'y restait plus la moindre place pour les inquiétudes ou les ratiocinations de Mélanchon. C'est à peine si ses étranges accès de tristesse trouvaient encore un coin où se tapir – et toujours pour très peu de temps, Marthe ne désarmant jamais et s'employant avec la même application à traquer le doute, l'indécision ou le silence. Pour cette raison, Marguerite affirmait que Marthe avait sauvé son frère ; et c'était l'idée la plus répandue chez les amis de Mélanchon.

Marthe était belle. Mélanchon disait qu'il était tombé amoureux d'elle parce qu'elle lui évoquait Carmen, Mérimée, pour qui il professait une grande admiration, et Bizet, que, rappelait-il, Nietzsche avait préféré à Wagner. Il se piquait en effet d'éprouver une grande admiration pour l'Espagne, et d'avoir de ce pays une connaissance parfaite. Il ne négligeait pas, de temps à autre, d'énoncer quelques aphorismes en espagnol, à propos de quoi Arno Bozza n'avait pas manqué de citer Saint-Simon et les derniers instants de Monsieur balbutiant devant le verre de liqueur de Mme de Bouillon, à Marly : « Comme il lui arrivait quelquefois de leur parler espagnol, quelques dames lui demandèrent ce qu'il disait, d'autres s'écrièrent, tout cela en un instant, et il tomba en apoplexie », ce qui lui avait valu, auprès de son auditoire, un franc succès, et avait une fois de plus fait résonner dans l'appartement qu'il occupait rue Vaneau le rire gai d'Esther, un rire inattendu et sonore qui le transportait et la lui rendait plus chère encore. Aussi avait-il pris l'habitude, lorsqu'on parlait de Mélanchon devant lui, de demander, d'un air bonhomme, s'il lui arrivait toujours de grommeler l'espagnol, ou s'il avait enfin été emporté par l'apoplexie ; et l'on sentait, à la grimace qui accompagnait cette dernière question, que la seconde hypothèse avait sa préférence.

Épouser Marthe, ç'avait donc été, pour Mélanchon, faire siennes davantage la blancheur, la chaleur et l'âcreté de l'Espagne. Il avait conclu de cette aventure qu'on n'épouse que des femmes qui vous rassurent, qui répondent au désir secret qui dort en chaque homme de déposer simplement, dans un coin de son bureau, une figurine – et tant mieux si elle est plaisante à regarder – qui n'introduise pas de dissonance dans l'harmonie de l'ensemble, un objet qui s'accorde avec ceux que l'on a déjà amassés, alignés, et cela depuis l'enfance, avec un goût et une application de maniaque, un trésor de plus dans le cabinet des merveilles, entre la corne de licorne, la médaille à l'antique et le fossile de dragon, une curiosité qui ne dépare pas le reste de la collection, qui s'y fonde au contraire, s'y fige, et la parachève : tel de ses amis, qui avait épousé une jeune Bretonne, avait toujours professé un amour du grand large qui sans doute avait trouvé là à s'assouvir ; tel autre, une Égyptienne – c'était plus surprenant –, qui depuis des années lisait Champollion, le *Voyage en Orient* de Nerval et Vivant Denon, trouvait à l'islam un charme bizarre et s'enivrait au spectacle des odalisques d'Ingres sortant du bain. Lui-même, s'étant épris de Marthe, avait obéi aux mêmes lois obscures qui régissent, qu'ils le veuillent ou non, les individus.

Ces réflexions le plongeaient dans des abîmes de perplexité et de satisfaction. Il avait parfois la tentation d'en faire un livre. Mais sa pusillanimité était la plus forte, et toujours il renonçait. Non sans regret cependant : quel moraliste il aurait fait, se disait-il, le soir, enfermé parmi les volumes de sa bibliothèque, si seulement il avait eu ce don ! Comme on l'aurait lu ! Mais rien de bon n'était jamais sorti des considérations morales qu'il formulait à son seul usage ; le grand livre qu'il aurait aimé écrire n'était pas advenu.

C'était sur la grand-place de Salamanque, une nuit, après une journée de voyage, qu'il avait fait la connaissance de Marthe. Il était assis à la terrasse d'un café, dans le concert des violons et des clarinettes d'un petit orchestre qui jouait à quelques pas de lui. Il faisait chaud comme en plein jour, et les arcades bruissaient de la rumeur des conversations et des rires. Marthe était entourée, comme Mélanchon devait plus tard apprendre qu'elle l'était toujours, d'un cercle d'amis sur lesquels elle faisait, visiblement, grosse impression. Mélanchon, quant à lui, était malheureux. Il observa Marthe et la compara à Esther, qui ne brillait pas dans le monde, qu'on n'écoutait pas discourir – puisqu'elle parlait si peu –, qui ne reflétait rien, et certainement pas l'attachement que d'autres auraient pu avoir pour elle. Esther était l'ombre, Marthe était la lumière. Il fut transporté. Il s'approcha d'elle, lui parla, comptant pour s'introduire dans ses bonnes grâces sur le fait qu'il était français et que surgit nécessairement, entre deux compatriotes se retrouvant à l'étranger, une connivence née du désarroi et de l'exaltation du voyage. Cependant, ces ruses futiles étaient vaines, il allait le comprendre assez vite : il n'était besoin d'aucun subterfuge pour entrer dans les bonnes grâces de Marthe, la personne au monde la moins condescendante ou réservée. Plus généralement, il suffisait d'être un homme, et de laisser paraître pour elle un peu de concupiscence, pour être sûr de lui plaire. Mélanchon s'en persuada un peu plus tard, tandis qu'il la raccompagnait à son hôtel. Jamais, quant à lui, il n'avait avant ce soir-là manifesté aussi crûment à une femme ce qu'il désirait d'elle. Cette nuit-là, tandis que Marthe le regardait, sans bouger, adossée au mur noir de l'immeuble dans lequel elle allait entrer, cela se fit sans façon, avec ce que Mélanchon devait appeler plus tard, à part lui, de la sauvagerie, et qui lui avait donné à la fois une haute idée de lui-même et une certaine crainte de Marthe, une crainte médiévale, pensait-il parfois, quelque chose qui ressemblait à l'irrépressible angoisse, et impatience, du pécheur attendant le châtiment divin – et cette analogie redoublait son désir.

Parce qu'elle avait accepté aussi facilement ses avances, il arrivait encore à Mélanchon, des années plus tard, alors que leurs trois enfants étaient nés et qu'ils semblaient composer une famille unie, de douter de la fidélité de

Marthe; mais peu lui importait. Il avait tant souffert d'Esther que c'était comme si on lui avait, à cette époque de sa vie, prélevé toute sa capacité de s'émouvoir de la légèreté des femmes, comme si on avait extrait de lui tout le suc d'amertume qu'il contenait – et il mettait à son propre crédit, avec empressement, ce constat qu'il faisait de bonne foi : finalement, il avait été assez peu empli d'amertume –, comme si l'on avait distrait de lui la moelle, l'essence, la liqueur inaltérable, dense, précieuse, de la douleur et de la jalousie. Il n'en restait plus rien. Marthe pouvait bien appartenir à d'autres; le souvenir singulier de la nuit de Salamanque demeurait à Cyrille, comme un bien inaliénable, comme quelque chose dont il était à la fois fier et confus, mais plus que tout surpris, comme une mauvaise action, malgré tout, dont il ne se serait jamais cru capable, comme un acte de brigandage sur un grand chemin, comme le geste d'un pyromane, quelque chose de très répréhensible et somme toute d'assez beau. Ce n'était pas, songeait-il en lui-même, des années plus tard, lorsque l'image d'Esther lui revenait en mémoire et le prenait à la gorge, comme un sanglot, venait s'installer à côté de lui, modeste, tenace, affreusement ressemblante, comme un revenant de mauvaise compagnie, ce n'était pas avec la pauvre Esther qu'il aurait pu connaître ce ravissement des sens. Et il se félicitait, comme quelqu'un qui a évité un grand malheur, qu'elle l'eût quitté. Et puis, aussitôt, parce qu'il était honnête, parce que, surtout, alors que tant d'années avaient passé et qu'il travaillait dans la tiédeur de son appartement de la rue d'Alésia, au milieu de ses livres, entendant derrière la porte la conversation paisible de ses enfants, il éprouvait, au souvenir d'Esther, la même tristesse, il se maudissait d'être à ce point chafouin, hypocrite, tartufe, faux dévot. Il rêvait de jeter Marthe, ses trois enfants, tous ses livres, ses camarades ouzbeks et les souvenirs du bord de la Loire par la fenêtre, et de se retrouver seul, jeune, comme il l'avait été, en face d'Esther, qui n'était ni belle ni rassurante, Esther, butée, silencieuse, opaque, Esther, qui n'avait pas de désir, pas de certitudes, pas d'amour à donner, qui n'avait lu aucun de ses ouvrages, Esther, paisible, distante, étrangère, Esther, ce petit bloc de marbre qu'il n'avait pas réussi à entamer, ce petit univers désolé dans lequel on ne l'avait pas laissé entrer, ce paysage bien ordonné, et totalement dépourvu de sens, qu'il avait contemplé de loin, avec une forme d'émotion esthétique, un sentiment de respect, et la sensation de son inutilité. C'était décidément triste que de penser ainsi au corps d'Esther, ce petit corps sans vie, sans couleur et sans mouvement, cette enveloppe terrestre, pensait-il, qu'à aucun moment Dieu n'avait animée de son souffle, ce corps dur, froid comme la pierre, c'était triste de penser à ce visage qu'il prenait entre ses deux mains et qui ne lui disait rien, triste de penser à l'obstination et à ce qu'il avait fini par appeler la méchanceté d'Esther. C'était ce qu'il concluait, tandis que le soir tombait tout autour de lui et le silence avec : qu'il existe peut-être près de nous, même si l'on y croit de moins en moins – et pourtant les choses, comme les sentiments, n'ont de réalité que tant que l'on y croit –, des manifestations d'un autre monde, celui d'en bas, celui des tourments et de la damnation, celui du mal, et qu'Esther était venue sur terre pour son tourment à lui, uniquement, qu'elle était une figure du mal. C'était exactement comme cela que Mélanchon imaginait le mal : comme ce petit visage sans âme, sans vie et sans chaleur.

Lorsqu'il était allé au bout de ces réflexions, il sortait sans hâte de son bureau, rejoignait Marthe, toute complaisance, les enfants, qui ne lui causaient pas de tracas, retrouvait la salle à manger dans laquelle se déroulaient tous les soirs des dîners qui n'en finissaient pas, car on avait l'habitude, chez les Mélanchon, d'accorder à chacun l'attention et le soin qu'il méritait, selon un rituel immuable établi par Cyrille lui-même. Il s'enchantait de ce bonheur simple, s'immergeait à nouveau, avec l'exaltation et la terreur rétrospective d'un défunt échappé du purgatoire, dans le quotidien de son existence. C'était, songeait-il, une chose étonnante, et bien inquiétante, que cette haine de soi qui saisit les plus robustes, les plus sains, sans détour, au moment où l'on s'y attend le moins, que ce goût du précipice, de l'abîme, qui peuple un esprit pourtant raisonnable des pires fantômes. L'image d'Esther, pensait-il – et cette trivialité lui était d'un grand secours –, lui flanquait une sacrée frousse. Chaque fois, c'était comme s'il avait vu le diable en personne surgir dans le bureau de la rue d'Alésia. Chaque fois, il ressortait de cette confrontation avec le Malin épuisé, dans un état de grand désordre intérieur, mais aussi aguerri, en paix avec lui-même, et plein de bonnes résolutions. Il était comme Jacob qui avait lutté avec l'ange. La salle à manger où flottait l'odeur du pot-au-feu lui paraissait, en comparaison de la terrible bataille qu'il venait de soutenir, une assez exacte réplique du paradis, un humble et fidèle avant-goût du séjour promis aux Justes.

4

C'était sans doute le destin de Mélanchon que de devoir indéfiniment lutter contre les esprits. Il avait assez rapidement, après les premiers mois de son mariage, eu affaire à un autre fantôme que celui d'Esther : le fantôme d'un individu qu'il connaissait très peu, mais qui finit par lui devenir aussi familier que ses plus proches parents. Marthe avait aimé Paul Vesserman avec passion, et avait gardé, de ce moment de sa jeunesse, beaucoup de nostalgie.

Elle l'avait rencontré à la Sorbonne, où il donnait des cours d'histoire. Elle les avait suivis parce qu'elle avait aimé ses livres : elle avait tiré de chacun, disait-elle encore, des années plus tard, avec émotion, une leçon sur notre monde, un enseignement politique. L'objet d'études favori de Paul Vesserman était la période qui s'étend de l'affaire Dreyfus à la Seconde Guerre mondiale, étant donné – c'était du moins ce qu'il s'était employé à démontrer dans ses ouvrages et avait professé devant ses élèves, aisément convaincus, pendant plus de vingt ans, et Marthe l'avait rencontré, passé ce temps, au sommet de sa gloire, alors qu'il possédait parfaitement ce répertoire, comme une cantatrice dont les débuts ont été un peu hésitants, marqués d'échecs et de contre-performances, mais qui avec l'âge a pris de l'embonpoint et de l'assurance, pose mieux sa voix et ne rechigne plus à tenir des accords de contre-ut dans lesquels elle n'aurait jamais osé s'aventurer au début de sa carrière – qu'il y a entre ces deux événements, l'affaire Dreyfus et l'instauration du régime de Vichy, une continuité de l'histoire nationale, une trame, une tradition, dont il s'était fait une spécialité de dénoncer les avatars et les accidents, tout au long des cinquante années en question, une sorte de maladie, une pathologie française dont il était reconnu comme le grand clinicien, dont il avait relevé, au fil de ses œuvres, minutieusement, la longue chaîne des symptômes, jusqu'à la catastrophe finale – la mort du patient, le terrible naufrage des idéaux de 1789. Cette lente et inexorable évolution d'un mal chronique, Paul Vesserman avait fini par en faire la matière même de son œuvre. Il en parlait avec une jubilation teintée de mélancolie. C'était la jubilation du découvreur de terres inconnues – bien que celle-là eût été abondamment défrichée, à sa suite, ou par certains de ses contemporains, mais il n'était pas envieux des travaux des autres, tenant au contraire pour acquis qu'ils n'existaient pas, ou plutôt qu'ils ne valaient rien, et cela avec la plus grande bonne foi, en toute sérénité, s'y référant pour les contredire, les réfuter, souligner leurs préjugés ou leurs silences, et accomplissant toujours ce sain travail de critique avec un tel savoir-faire et une telle absence de passion qu'on était forcé de s'incliner – et la mélancolie du patriote qui doit bien convenir que, en toutes circonstances, le pays qu'il aime, et qui a su autrefois incarner de si belles idées démocratiques, n'a pas défendu comme il se devait la morale et le bon droit.

Cette tristesse qu'engendraient chez Paul Vesserman ses propres idées n'était toutefois que légère, et de surface. Au fond, c'était un homme content de lui-même, de ses amis, de sa famille, du bel appartement qu'il habitait près de la place de la Bourse (il avait fait fortune en publiant des manuels pour classes préparatoires qui s'étaient vendus au-delà de ses espérances, ce qui prouvait, disait-il, que tout sens civique et tout esprit de sérieux n'avaient pas disparu de cette chère vieille France), de ses habitudes. La plus profondément ancrée était celle qu'il avait prise, il y avait des années de cela, de se promener, tous les dimanches matin, quelque temps qu'il fît, selon un itinéraire soigneusement choisi, jusqu'au pont du Carrousel, en passant par la rue de Richelieu et les jardins austères du Palais-Royal, dont il aimait dire que c'était surtout une idée de jardin, un prodige de sobriété et d'ordonnancement.

Il disait aussi, en affectant d'en rire, que c'était la promenade de Kant, ou celle d'Adrien Sixte. Il avait lu *Le Disciple*, pas la *Critique de la raison pure*. Mais cette culture lacunaire, académique, superficielle qui était la sienne ne lui avait jamais nui, bien au contraire ; car il avait appris à la manier avec précision, à l'utiliser toujours à bon escient et pour le plus grand désarroi de l'adversaire, à en faire un usage choisi et mesuré qui donnait à penser qu'il en savait beaucoup plus que ce qu'il voulait bien dire. Surtout, il avait un très grand don pour user, dans la discussion ou la démonstration, d'un mot ou d'une formule étonnants, isolés au milieu d'une longue phrase parfaitement écrite, par conséquent facilement repérables, et qui emportaient l'adhésion, comme par surprise. Quand il était seul, il répétait ses sentences et ses métaphores, il les travaillait, les polissait, leur donnait un fini et un éclat qui avaient fait sa réputation ; mais ces heures d'effort étaient invisibles à l'œil nu : jamais on ne sentait chez lui le labeur ou la réflexion. C'est pourquoi il avait une grande réputation d'éloquence ; il brillait facilement pendant ses cours, heureux de communiquer au plus grand nombre ses convictions, pas fier pour un sou, finalement, disait avec une certaine acrimonie Mélanchon, heureux de prêter sa voix ou sa plume à des causes qu'il estimait justes, mais toujours courtois, affable, excellent pédagogue, professeur dans l'âme en somme, et habitué à voir un cercle attentif se former autour de lui, dans les salons, où on l'invitait souvent car, dès que l'on sortait de la conversation d'idées, il était très spirituel.

Il était donc content de lui-même, c'était une évidence, mais sans qu'on pût le taxer de sotte vanité, de prétention, d'inintelligence des arguments qu'on lui opposait. Au-delà de la Sorbonne et de la bonne société dans laquelle on le recevait, écrivant beaucoup, donnant son avis sur des sujets divers, n'hésitant pas à envoyer des articles aux journaux qu'il jugeait idéologiquement sûrs, il avait fini par acquérir une petite notoriété. Bon nombre de ses élèves, et certains de ses amis, qui en auraient retiré de la fierté, le voyaient ministre. Il pensait, quant à lui, que ce n'était pas impossible. Et il s'en réjouissait, et en concevait encore plus de considération pour lui-même ; car son père était un modeste employé de banque, et lui-même ne pouvait se défendre du sentiment du devoir accompli, lorsqu'il évaluait le chemin parcouru.

Ce n'était pas son art de la narration qui avait plu à Marthe, mais bien le sinistre contenu de son enseignement, cette terrible réalité nationale à laquelle il savait si bien donner corps dans l'amphithéâtre de la Sorbonne où se pressaient, outre ses étudiants, des femmes un peu plus âgées, qui avaient entendu dire qu'il n'était jamais ennuyeux et raffolaient de ses discours. Elle avait aimé qu'il la mette en garde contre l'hydre toujours renaissante du fascisme, toute cette cohorte de passions mauvaises et de tentations totalitaires qui menacent les sociétés. Elle avait senti la justesse de son verdict et frémi en écoutant certains de ses avertissements.

Son talent de causeur n'étant que rarement donné à ses collègues, ceux-ci le jalousaient et lui reprochaient sa facilité : on entendait dire de Paul Vesserman que c'était un pisse-copie, un esthète égaré dans le monde des idées, voire un romancier raté, un piètre chroniqueur, et un grand narcissique. Ces critiques étaient parvenues jusqu'à Marthe, qui y avait réfléchi. Comme elle se flattait de ne se faire d'illusions sur personne (lorsqu'on lui demandait quelle était la qualité qu'elle prisait le plus, elle répondait invariablement « la lucidité », se parant de cette armure étincelante avec un air un peu farouche qui ne lui allait pas mal), pas même sur ceux qu'elle aimait, elle écoutait ces reproches avec une grande patience, manifestement désireuse de peser le pour et le contre. Elle les passait en revue, les évaluait l'un après l'autre, et finissait, lorsqu'on lui demandait son avis, par le rendre avec équanimité ; il était entendu qu'elle avait reçu ce don en partage, qu'il lui était échu comme une grâce octroyée par la Providence, qui favorise certains, et que l'un de ses devoirs, rapidement transmué en occupation favorite, était de faire profiter de cette sagesse ses proches et tous ceux qui auraient le bon sens de se confier à elle.

Elle reconnaissait donc bien volontiers certains traits de caractère de Paul qui n'étaient pas à son avantage. Mais qu'y avait-il de surprenant à ce que celui-là fût, comme les autres, habité par quelques misérables petits vices, rivé à la terre, à la nature, par les liens inextricables et solides de ces mille infimes défauts qui font l'homme ? Du reste, ceux de Paul lui paraissaient bien bénins : qu'était-ce qu'un intérêt extrême pour soi-même, un léger enivrement de sa propre parole, une certitude de ne jamais faillir, au regard des opinions politiques de Paul, qui étaient si belles, et surtout si profitables ? La morale de Paul rassurait Marthe. Elle aimait ses poncifs, elle s'y retrouvait comme au milieu d'un paysage familier dont chaque accident de terrain lui était connu depuis l'enfance, chaque détour des chemins balisé, chaque perspective familière.

Finalement, ce qu'elle lui pardonnait le moins, c'étaient ses sautes d'humeur, c'est-à-dire ses brusques accès de gaieté, qu'elle ne prévoyait jamais, ses plaisanteries de collégien, ses boutades, ses jugements à l'emporte-pièce qui surgissaient soudain, au milieu d'un océan d'impavidité, sur tel de ses rivaux ou de ses amis, son rire qui n'en finissait pas après un jeu de mots facile ; elle lui disait alors qu'il s'égarait. Tout ce qui ressortissait un peu au simple plaisir de l'existence, l'amer amusement de médire, la trouble satisfaction de la mauvaise foi, l'étourdissante griserie de parler de soi, toutes ces choses que Paul, laissé à lui-même, cultivait sans souci, la rebutaient. Ce qu'elle avait d'abord aimé chez lui, et ce qu'elle ne cessa d'aimer, longtemps après qu'ils se furent quittés, c'étaient ses idées, ces idées bien bâties, bien carrées, bien énoncées aussi, imputrescibles, longuement mûries et réfléchies, ces trois ou quatre idées assez simples, susceptibles d'être adoptées par le plus grand nombre, dont il avait fait sa profession de foi et sa raison sociale, qu'elle l'écoutait sans se lasser exposer et défendre, comme si chaque fois il avait découvert devant elle, pour elle, pour son seul usage et sa plus grande édification, la loi de la gravitation universelle, ou qu'il eût énoncé, sorti du buisson ardent, les dix commandements.

Il lui avait aussi appris, et elle ne s'en défendait pas le moins du monde lorsqu'on abordait le sujet devant elle – Mélanchon était celui qui s'y risquait le plus volontiers, non pas par jalousie, il n'était pas jaloux, simplement soucieux de sa tranquillité, et bien heureux que sa femme l'ait finalement moins aimé qu'un autre, mais curieux aussi du mécanisme de l'âme et désireux de tout savoir sur cet amour dont il devinait bien, sans qu'on le lui ait jamais dit explicitement, qu'il resterait la grande affaire de la vie de Marthe –, bien des choses qui n'appartenaient pas à l'ordre miraculeux des productions de l'esprit. Elle l'avait vraiment aimé. Il était venu un moment où elle n'avait plus accordé beaucoup d'attention à ce qu'il disait. Il était venu un moment où elle s'était trouvée ravalée, comme elle le confessait avec un peu de regret mais surtout l'orgueil de qui ne se dissimule rien, au rang d'une femme amoureuse – et elle trouvait qu'il n'y avait pas de plus sot personnage. Elle avait appris à reconnaître le pas de Paul dans l'escalier lorsqu'il venait chez elle. Elle avait lu ses livres avec une émotion inavouable – c'était ce que Mélanchon appelait se branler avec les idées de Paul Vesserman, et l'exploit ainsi accompli par Marthe dans une vie antérieure le laissait interdit et vaguement flatté à l'idée qu'il avait épousé un phénomène aussi stupéfiant que la femme à barbe ou le veau à deux têtes des cirques de jadis. Elle avait suivi Paul pour savoir ce qu'il faisait quand il n'était pas avec elle. Elle lui avait écrit plusieurs fois par jour. Elle s'était plainte de lui, avec douceur d'abord, puis avec acrimonie. Elle avait voulu l'avoir pour elle seule et entièrement. Elle lui avait dit qu'il ne lui témoignait pas assez de respect, et lui en avait témoigné de moins en moins. Elle l'avait incité à se défier de ses amis. Elle avait, pour lui plaire, feint de s'intéresser à certaines choses qu'il aimait et qui lui demeuraient étrangères, comme la peinture flamande et les rhapsodies de Liszt. Elle avait cessé tout à fait d'être véridique. Elle avait calculé ses moindres mots, elle les avait prononcés avec le tremblement d'un fidèle admis en présence de la divinité, elle les avait ensuite infiniment analysés, ainsi que les réponses de Paul, auxquelles elle avait voulu, chaque fois, trouver un sens caché – et ce sens, selon qu'elle était ce jour-là plus ou moins malheureuse, était pour elle terrible ou propice. Elle avait, lorsqu'il l'invitait chez lui, à la fin de leur liaison, et sentant qu'il lui échappait, dans l'appartement clair de la rue Saint-Joseph, tandis que le vent passait à travers les fenêtres ouvertes et gonflait les rideaux, lui paraissant tout droit venu de la mer, ouvert ses tiroirs, lu ses carnets, cherché partout des traces certaines de son affection ou de son indifférence. Elle avait fait le compte des lettres qu'il lui envoyait, elle les avait annotées, comparées, réécrites en esprit quand elles ne lui semblaient pas exprimer assez d'amour. Elle avait tenu un registre de leurs conversations, dont elle notait scrupuleusement, le soir, seule, chez elle, la date et la teneur. Elle avait pris l'habitude de récapituler, chaque semaine, le nombre d'heures qu'ils avaient passées ensemble, pour connaître la quantité des attentions qu'il lui avait accordées, et puis, de plus en plus souvent, de ses silences, de ses absences, de ses froideurs. Elle lui avait témoigné de l'agacement, du mépris, de la colère. Elle avait fini par observer que ces conversations, les heures bénies qu'ils passaient ensemble, le ravissement de Paul lorsqu'il la tenait dans ses bras, tout cela s'étiolait, s'amenuisait, se réduisait à rien, rien d'autre qu'un âcre et bienheureux souvenir, sans qu'il y eût à ce malheur de recours, sans qu'il y eût pour elle de retour possible. Elle avait compris qu'elle avait été jugée, que sa cause était mauvaise, que l'affaire était entendue, et qu'on n'y reviendrait pas. Elle avait cru mourir quand il lui avait annoncé qu'il ne la reverrait plus – qu'il ne l'aimait plus, il ne le lui avait jamais dit, par volonté de l'épargner, par ignorance de ses propres sentiments, ou par peur de provoquer il ne savait trop quel séisme, elle l'ignorait, mais cette forme de bonté qu'il avait eue en cette circonstance emplit Marthe de reconnaissance, une reconnaissance qui durait encore, des années plus tard, et qui faisait qu'elle ne prononçait le nom de Paul, fût-ce devant des tiers qui ne connaissaient rien à l'affaire, qu'avec componction, l'air de révéler à demi quelque chose, et cette conclusion rituelle, qu'elle lui devait beaucoup. Elle avait tenu une comptabilité rétrospective et stricte de ce qu'elle avait vécu, senti, souffert pendant deux ans ; mais ce qu'avait quant à lui ressenti Paul lui demeurait à jamais étranger. Elle avait décrété enfin, tant elle était éprise de rationalité, que si elle l'avait perdu, c'était par sa propre faute, parce qu'elle ne l'avait pas aimé comme il le fallait. Elle était persuadée, elle demeurait convaincue, c'était ce à quoi elle se raccrochait au milieu de ce désastre, qu'il y a des lois dans les sentiments comme dans la physique, qu'elle en avait enfreint une, et qu'elle recevait, de ce manquement, la juste sanction. Elle avait cru mourir quand elle était rentrée chez elle ce soir-là, seule, alors qu'il la raccompagnait toujours d'habitude, et ensuite, pendant des mois, lorsqu'elle traversait, le soir, le boulevard Montparnasse, au milieu de toute cette illumination de la nuit, remplie de monde et de bruit, cette grande effervescence qui s'apaisait peu à peu, et qu'il n'y était plus avec elle. Elle avait encore ressenti cette sensation et cette terreur de la mort, pendant des mois, avec ce même saisissement au cœur, cette tristesse sans remède qui la laissaient interdite, comme une âme égarée, un objet emporté par le courant, un enfant qui rentre chez lui et trouve la maison vide, monte aux étages obscurs, n'y rencontre personne, et s'assied par terre dans le noir pour pleurer – toutes circonstances que l'on avait peu à peu sues par bribes, car Marthe, très discrète lorsqu'il s'agissait des autres (c'était par indifférence et non par vertu), n'était pas avare de confidences lorsqu'il s'agissait d'elle-même, toutes circonstances communes et pitoyables, avait songé Jean-Jacques lorsqu'on lui en avait fait le récit, concluant, avec l'intérêt, la commisération et la secrète malignité du malade qui trouve plus atteint que lui : « Cette malheureuse Marthe Mélanchon ! »

Mélanchon, qui aimait avec bonhomie, avait pour sa part écouté cette histoire, qui une fois lui avait été dite d'un trait, mais en respectant certaines règles de bienséance et de modération dont il n'avait pas été dupe, avec émerveillement. Il en avait conçu pour sa femme une très grande estime. Il disait à qui voulait l'entendre qu'elle avait du tempérament – les plus malintentionnés y voyaient une allusion obscène qu'il avait été bien loin d'y mettre. Il s'était demandé par quel miracle Marthe avait pu s'éprendre de lui, avant de songer, mais sans dépit, qu'elle ne s'était jamais éprise de lui, qu'elle s'en était simplement satisfaite. Il était pour sa femme, avec ses élèves ouzbeks, son amour de Samarcande et de Boukhara, ses livres rares, sa bibliothèque enfumée, son désordre, l'état douteux de ses costumes, ses souvenirs de la banlieue d'Angers, ses querelles familiales, son peu de réputation, le petit cercle de ses amis, ses soucis d'argent, ses épisodes mélancoliques, son appartement sombre, son désintérêt pour tout ce qui ne le concernait pas de près, le pâle reflet de Paul Vesserman, une doublure qui ne faisait pas un instant illusion, un triste bouffon, une copie ratée, au trait incertain, aux couleurs criardes : un faux grossier. Il n'y pouvait rien, et cette impuissance le ravissait.

Il s'enfermait donc, sans rancœur et sans espoir, dans sa bibliothèque, traduisait, au long d'interminables soirées, des poèmes turcs, se mettait, comme il se l'était promis depuis longtemps, à l'étude du copte et de l'araméen, songeait à de nouvelles visites en Asie centrale, persistait à caresser le projet d'écrire, à défaut d'un grand traité de morale, ses mémoires, ou quelque chose d'approchant, qui pourrait servir à l'éducation de ses contemporains, veillait à la bonne santé de ses enfants, témoignait à Marthe beaucoup d'amour, et se préparait un peu chaque jour, dans le plus grand secret et avec la plus grande détermination, à affronter l'ombre d'Esther et celle de Paul, ces deux spectres familiers qui pouvaient surgir, il en avait maintenant l'expérience, à tout moment, dans l'univers bien clos, traversé de souvenirs exotiques, qu'il avait édifié autour de lui, figures tutélaires d'une existence qu'il n'aurait échangée pour aucune autre.

5

Il y avait un moment de la vie de Jean-Jacques qui demeurait en lui à l'état minéral, un moment cristallin dont il gardait un souvenir aussi dur et étincelant que si les années n'avaient pas, peu à peu, déposé sur lui un voile de cendres et de givre – elles l'avaient fait, pourtant, elles étaient passées, nombreuses –, une mince couche de poussière blanche qu'il aurait fallu écarter, patiemment et précautionneusement balayer, avant de parvenir à la surface brillante et polie de la pierre. Ce moment était celui qu'il avait vécu à Budapest, où il avait été nommé pour deux ans. Ces deux années, c'était une époque à laquelle il aimait penser comme à l'amer délimitant, sans qu'aucune contestation soit possible, deux territoires différents longés au cours d'un voyage en haute mer, dont on aperçoit à peine les contours mais dont la frontière qui les sépare est depuis longtemps fixée, les climats et les coutumes radicalement étrangers. Quand elles avaient été écoulées, il était rentré à Paris et avait rencontré Esther. Avant, il avait été heureux. Budapest avait été pour lui, pendant deux ans, le centre du monde.

Ce n'était pas qu'il y eût exercé une fonction qui lui eût importé. Rien ne lui importait en ce temps-là, sauf de vivre, de laisser la vie l'emplir avec son infinie douceur, cette douceur qui l'avait envahi et consolé la première fois qu'il avait pris le funiculaire au bord du Danube pour monter à Buda, qu'il avait observé la ville au-dessus de laquelle il s'élevait lentement, ses toits, ses fumées, le scintillement du fleuve dans l'air froid, puis qu'il s'était arrêté, sur la terrasse du château, pour la regarder encore miroiter dans le soleil pâle du mois de décembre, comme une immense zone de décombres d'où surgissaient çà et là un monument noirci, ou les clochers à bulbes jumeaux d'une église, un assemblage hétéroclite, à perte de vue, de rues en pente, d'escaliers, de terrains vagues, de murs écroulés, de jardins déserts, une capitale magnifique et désolée qu'il s'était promis d'aimer et qu'il avait fini par aimer en effet, au point de s'y sentir chez lui, lui qui était parti la mort dans l'âme, pour échapper à l'enseignement de la philosophie – car Jean-Jacques était, comme il le disait avec un peu d'irritation contre lui-même et de fierté, philosophe.

Or la joie sèche, sans apprêt, qu'il avait ressentie lors de ses premières promenades dans les rues obscures de Pest, quand au milieu de l'après-midi la nuit est déjà tombée et que les passants se pressent devant des vitrines vivement éclairées, ne l'avait plus quitté. Il n'avait pas trouvé Buda pittoresque, ni baroque, ni accueillante; il y avait à peine respiré le charme de l'Europe centrale. Il n'avait trouvé Pest ni haussmannienne ni viennoise; simplement stalinienne et austère. Et c'est avec délices que, les premières semaines de son séjour, il rentrait à pied à l'hôtel Astoria, où il logeait, après avoir traversé le Danube, qui reflétait toutes les lumières des deux rives, et être passé par Vassi Utca recouverte de baraques en plein vent. Il poussait la porte de bois et allait s'asseoir dans le salon aux plafonds dorés où quelques vieilles femmes parées buvaient du chocolat. Il en commandait un aussi, enfoncé dans l'un des larges fauteuils verts, et s'essayait à prononcer quelques mots d'allemand avec ceux de ses voisins qu'il avait déjà rencontrés dans les couloirs. Puis il consentait à ne plus penser à rien, à ne rien regretter, à se laisser bercer, après le froid coupant et la pluie mêlée de neige du dehors, par la chaleur du dedans, à s'imprégner simplement de cette certitude qu'il était perdu, loin de chez lui, qu'il ne comprenait pas un mot de la langue qu'on parlait autour de lui, que les titres des journaux ne lui disaient rien, qu'il avait pour venir jusque-là survolé tout un pan de l'Europe, Munich et Vienne qu'il avait vu s'étendre sous l'avion comme d'immenses chapelets de lumières, qu'il était isolé, éloigné de tout, mais que c'était bien de sa vie qu'il s'agissait, qu'il en sentait le bourdonnement dans tout son corps lorsqu'il fermait les yeux, étourdi soudain par la fatigue et le murmure des conversations, sa vie si précieuse, singulière, bruissante, chatoyante et douce, sa vie, qui n'appartenait qu'à lui, dans laquelle il se rencognait, les yeux fermés, apaisé, comme il lui avait rarement été donné de l'être, sans autre émotion que celle d'être là et d'entendre l'averse et la grêle cogner derrière lui contre les vitres sur lesquelles on avait tiré de lourds rideaux de velours.

Le matin, il se réveillait très tôt. La lumière était posée, rose et dorée, sur le dôme qui surmontait l'immeuble d'en face. Il n'y avait pas encore de bruit dans la rue. Jean-Jacques restait un instant à la fenêtre, étonné de ne ressentir aucun des effets habituels du dépaysement. Rien ici ne ressemblait à ce qu'il avait connu. L'étrangeté des lieux, pour ne s'être pas imposée avec évidence dès les premiers instants, n'en était pas moins bien réelle, tangible, inévitable. D'où venait donc qu'il n'en éprouvait aucune inquiétude ? C'était, s'était-il dit alors avec naïveté, qu'il était fait pour le bonheur, mais qu'il ne l'avait pas su jusqu'à présent ; ce secret avait été bien gardé, et tout d'un coup il en avait la révélation, debout derrière la fenêtre de l'hôtel Astoria, regardant, avec une avidité de rescapé, le dôme lourd et blanc du haut bâtiment qui dominait la rue.

Ce qu'avait été jusqu'à présent son existence, il n'en possédait plus qu'une notion indistincte et un peu morne. De son enfance rue Saint-Florentin, de ses anciennes promenades dans le jardin des Tuileries, il ne se rappelait plus rien, si ce n'est, comme il le disait sans aucune fatuité – avec, au contraire, le souci d'être sincère, quoi qu'il pût lui en coûter –, qu'à cette époque le trait dominant de son caractère était la gravité. En avait-il été autrement plus tard, lorsqu'il partait à pied pour Louis-le-Grand dans les matins d'hiver, quand il était à peine plus de sept heures, et que, une fois la lourde porte cochère refermée sur lui, il entrait dans l'obscurité à peine trouée par les phares des voitures, et dans le froid vif, comme dans un monde inconnu dont il n'était pas sûr de revenir indemne ? Il s'était inscrit dans ce lycée poussé par son goût du sérieux, de ce qu'il appelait l'ordre et le travail bien fait. C'est là qu'il avait rencontré le peu d'amis qui étaient les siens, et qui lui étaient restés fidèles, par une sorte de miracle qui lui demeurait inexplicable : c'était pour lui une chose surprenante que l'attachement que lui portaient certains, et dont il aurait juré, en toute bonne foi, qu'il ne répondait à aucune réciprocité ; il avait, pour sa part, peu d'affection pour les gens qui l'entouraient, et ne leur en témoignait d'ailleurs aucune. Il comptait cependant deux ou trois camarades qui ne s'étaient pas lassés de lui. Il arrivait parfois à Jean-Jacques de penser que ce qui plaisait en lui, c'étaient peut-être précisément la facilité, le savoir-faire, l'espèce de génie avec lesquels il arrivait à se taire, en toutes circonstances, mais toujours avec affabilité, son peu d'enthousiasme et son peu d'acrimonie, son humeur égale, en somme l'art avec lequel il s'économisait lui-même. Il faisait aussi une part au décor dans lequel cette ombre qu'il était se déplaçait : l'immense appartement de la rue Saint-

Florentin, les livres innombrables de sa bibliothèque, ses costumes de tweed, ses cigares qu'il faisait venir de Suisse, la grande maison de Nevers, les étangs, le parc que lui avait légués son père ; toutes choses, pensait-il, sans en ressentir d'ailleurs de rancœur ou de tristesse, qui ajoutaient sans doute au charme qu'il exerçait sur quelques-uns, et sans lesquelles il aurait été moins entouré.

Car les jeunes gens qui étaient entrés Rue d'Ulm la même année que lui venaient pour la plupart de province, et d'autres milieux que le sien. C'étaient des fils de professeurs ou d'instituteurs. Il y avait même parmi eux, Jean-Jacques l'avait appris avec ébahissement, des fils de paysans. Or il tenait pour certain que la lutte des classes existe, qu'il n'y a même rien de plus âpre et de plus inévitable que cette guerre civile, et que le sort l'ayant placé si loin, tellement à l'écart de ses malheureux condisciples, il avait simplement pu, à force de patience, de discrétion, et d'une politesse qui avait parfois – il le sentait bien lui-même, mais le moyen de faire autrement ? – les accents de la duplicité et du mensonge, susciter, puis laisser s'épanouir, entre eux et lui, un sentiment fait d'envie, de déférence et de pitié que tous avaient pris le parti d'appeler, par commodité et par soumission aux usages, de l'amitié. A quel titre aurait-il pu s'en plaindre ? Que ressentait-il d'autre, envers ces camarades que le sort lui avait donnés en partage, qu'une tenace sensation d'étrangeté, parfois mêlée d'une forme de regret ? Il n'y pouvait rien : l'École n'avait pas été pour lui un moyen de promotion sociale, et il considérait avec étonnement les rituels barbares de certains de ses condisciples qui, des années après en être sortis, se réunissaient le soir, lors d'interminables dîners, chez l'un ou l'autre, plus rarement au restaurant – dans ce cas, c'était le quatorzième arrondissement qu'ils choisissaient, peut-être parce qu'il avait conservé un air de province –, et à l'issue d'une conversation qui roulait sur les souvenirs de la Rue d'Ulm, après l'évocation de certains professeurs, le récit de quelques hauts faits et le rappel du classement de chacun à l'agrégation, le tout entremêlé de citations grecques ou latines et de références au *Discours de métaphysique*, finissaient par ouvrir l'annuaire de l'École, afin de procéder à une lecture à voix haute des articles nécrologiques des anciens élèves, donnant lieu à des commentaires qui duraient très tard dans la nuit.

Jean-Jacques se prêtait de bonne grâce à ces cérémonies. On ne pouvait déceler chez lui une once d'agacement ou de lassitude. Il ne s'ennuyait pas, d'ailleurs. Il se félicitait, lorsqu'il avait quitté ses hôtes, d'avoir réuni, en quelques heures, autant d'informations sur la petitesse de la nature humaine et sur l'invariabilité de ses vices, qui se résumaient, songeait-il, à un seul, la vanité : une incurable, infinie, bouleversante vanité, qu'il avait retrouvée, soigneusement dissimulée, tapie mais bien vivante cependant, vivace et féroce, jusque chez le plus simple de ses camarades, jusque chez le plus modeste et conciliant d'entre eux. Lui-même, il le savait bien, n'en était pas exempt. Qui sait, il était peut-être le plus gangrené de tous, le plus profondément rongé par ce mal, lui qui affectait de ne plus savoir ce qu'il y avait dans *Les Orbites des planètes*, ouvrage auquel il avait consacré sa thèse, lui qui ne lisait plus, parce qu'il avait tout lu, et n'avouait qu'un penchant pervers pour Théophile Gautier, lui qui faisait faire ses costumes, depuis plus de dix ans, chez le même tailleur, dont il ne donnait l'adresse qu'avec la plus grande parcimonie, lui qui faisait venir ses tapis de Smyrne, qui l'hiver louait un appartement à Venise et passait l'été à Ljubljana, qui laissait dans les hôtels et les trains des pourboires énormes, qui aimait sortir avec Esther parce qu'elle était remarquablement habillée, et surtout étonnante, avec son visage lisse et ses yeux vides ?

Il se félicitait donc, sortant de chez l'un ou l'autre de ses amis après plusieurs heures de conversation où chacun avait tenu avec conscience et bonne volonté le rôle qui lui était imparti, de ce tableau vivant qu'il lui avait été donné de contempler. Il se félicitait d'avoir employé un peu de son temps à écouter des propos dont il avait déjà oublié l'essentiel, d'avoir peu parlé et de n'avoir rien eu d'autre à déchiffrer, sur les visages qui l'entouraient, que la joie d'être là. Ses camarades avaient épousé des femmes peu intelligentes, qui les aimaient passionnément, et que Jean-Jacques ne se lassait pas d'observer. Elles étaient convenables, se tenaient bien à table, ne prononçaient pas un mot plus haut que l'autre, et témoignaient à leur mari, en même temps que de la vénération, une forme d'ironie qui n'était jamais acariâtre. C'est qu'elles venaient, généralement, d'un milieu un peu plus bourgeois, qu'elles avaient dû affronter le mécontentement de leurs parents lorsqu'elles avaient annoncé leur mariage, qu'elles étaient fières d'avoir mené à bien cette entreprise qui les grandissait à leurs propres yeux, mais qu'elles conservaient à part elles un peu de l'idée, si solidement ancrée dans leur famille, qu'elles avaient fait une mésalliance, et que l'homme qu'elles avaient choisi n'avait pas reçu une aussi bonne éducation que la leur – défaut qu'il avait heureusement pallié en accumulant, sur des sujets qu'elles jugeaient ésotériques, c'est-à-dire dignes de respect, une impressionnante somme de savoir. Elles lui avaient appris, en même temps qu'un certain vernis de bonnes manières, qu'il n'y a de bon ton que dans la retenue. Elles exerçaient des métiers qui ne les intéressaient pas, dont elles ne parlaient pas, et qu'elles abandonneraient dès qu'elles le pourraient. Elles ne se lassaient pas d'écouter les convives discuter de choses abstraites où elles ne prenaient aucune part. Il leur arrivait d'échanger entre elles des confidences ; mais le plus souvent elles restaient silencieuses, attentives et obligeantes. Elles avaient fini, à force d'entendre raconter depuis des années les mêmes souvenirs, sans modifications, si ce n'est de temps à autre une amplification épique que se permettait l'un des narrateurs, ayant un peu plus bu que les autres, par se les approprier, par les faire leurs, et elles en riaient de bon cœur, comme à la première fois. Elles étaient jolies et gaies ; elles parlaient volontiers de leur ville natale, où elles revenaient pendant l'été – c'était généralement, et Jean-Jacques se demandait quelle étrange loi se dissimulait derrière cette réalité sans cesse vérifiée, au sud de la Loire : l'une à Rodez, l'autre à Biarritz, une troisième à Tarascon. Elles ne se plaignaient pas de vivre à Paris et ne laissaient paraître aucune nostalgie de leur jeunesse. Elles semblaient loyales, fidèles et sans détour. Les camarades de Jean-Jacques, il en était persuadé, se lasseraient d'elles assez vite – si ce n'était déjà fait, maintenant que les premiers enfants étaient nés. Ils les quitteraient pour un moment, reviendraient à elles, comme à de vieilles amies, et au bout d'un certain temps ne les aimeraient plus du tout.

C'était pour Jean-Jacques encore un motif de réflexion et de contentement que de se dire que ces affections si simples et entières passeraient, qu'elles feraient place au mieux à de l'indifférence, au pis à de l'écœurement. Il scrutait un à un ces visages encore jeunes qu'il connaissait si bien, n'y voyait rien d'autre qu'un bonheur sans artifice et sans prétention, beaucoup de simplicité, peut-être même de la bonté, aucun signe de trouble ou de discorde. Ç'aurait pu être désolant d'uniformité et de sagesse. C'était rassurant.

C'était en tout cas préférable aux silences d'Esther, au caractère instable, versatile, imprévisible, de l'attention qu'elle lui portait : l'intérêt d'Esther pour lui était la chose la plus volatile, éphémère et changeante que Jean-Jacques eût rencontrée. C'était un phénomène aussi insolite et impalpable que le brouillard qui pesait, au crépuscule, sur les étangs de Nevers ; devant le visage sans émotions d'Esther, Jean-Jacques se sentait aussi seul que durant ces promenades du soir dans la campagne, lorsque d'apercevoir soudain, au détour du chemin, derrière la masse épaisse des arbres, la façade illuminée de la maison et son haut toit d'ardoises lui donnait un coup au cœur, une sorte d'exaltation qu'il n'avait jamais su dissocier du chagrin. Tandis qu'il parlait à Esther, il survenait toujours un moment où il se rendait compte que l'attention qu'elle lui accordait, cette attention aussi fragile et ténue que la flamme d'une bougie qu'il aurait cherché à protéger du vent, s'était déjà dissipée, évanouie, éteinte. Tandis qu'il lui parlait, Esther regardait ailleurs, par la fenêtre du grand salon de la rue Saint-Florentin ; elle regardait le ciel bleu vif de la fin de l'hiver, les petits nuages blancs qui s'y déplaçaient vers l'est, et son visage était aussi impénétrable que si elle avait été endormie, ou morte.

Jean-Jacques, réduit au silence, songeait, en la regardant, absente, échappée : « Est-ce qu'elle ne va pas mourir, un jour, s'absenter pour de bon, s'évanouir, disparaître pour de bon ? » Mais elle était là, depuis des années maintenant, et pour des années sans doute. D'être si peu vivante ne semblait pas l'affecter ; d'être une créature aussi peu douée pour aimer ses semblables, ou leur prodiguer au moins les marques les plus usuelles de l'affection, non plus. Elle persistait dans son être, indivisible, sûre d'elle-même, silencieuse, inutile. Et c'était pour Jean-Jacques une très grande douleur que d'avoir ainsi laissé dans sa vie une place à Esther, et que de savoir qu'elle ne remplissait pas cette place, qu'elle n'avait rien appris, jamais, de ce qu'il aurait fallu faire pour y parvenir, que tous ses efforts s'étaient révélés vains – car il voulait bien lui faire ce crédit : elle avait sans doute fait des efforts, dérisoires et futiles, pour ressembler au plus grand nombre –, et que tout autour d'elle s'insinuaient chaque jour davantage, dans la vie maintenant dévastée de Jean-Jacques, le froid, le vent et la nuit.

Il avait pourtant vécu à Budapest d'une existence paisible. Il y avait été enfin seul, éloigné de ses amis, de sa vie antérieure, de tous les usages et de tous les intérêts du monde. Il n'avait alors d'autre souci que lui-même, et chaque matin l'émerveillement de voir la lumière rose et dorée du soleil descendre sur le dôme de l'immeuble d'en face ; il n'avait eu à cette époque aucun pressentiment de ce qu'il adviendrait de lui et de sa précieuse tranquillité. Pourtant, il avait été saisi, durant la dernière journée qu'il avait passée en Hongrie – il s'en souvenait maintenant avec acuité, bien sûr qu'il ne s'agissait pas là d'une illusion rétrospective –, d'une sensation plus pesante que la tristesse, quelque chose d'insidieux qu'il avait, sur le moment, attribué à l'inquiétude du départ et aux premières manifestations de la nostalgie. Mais c'était, se disait-il à présent, bien plus que cela : c'était, tandis qu'il attendait, dans l'aéroport de Ferihegyi désert et rutilant de lumières, l'heure de l'embarquement et que la neige tombait en averse épaisse au-dehors, déjà, l'évidence du malheur, du terme fixé, la certitude qu'un âge d'or avait pris fin, et l'impatience de passer de l'autre côté de son existence, d'entrer enfin dans les ténèbres.

6

Esther avait été dès l'abord, dès le premier instant, c'était manifeste, séduite par Arno, par ce que Jean-Jacques appelait son esprit d'entreprise – il tenait par-dessus tout à faire preuve de magnanimité vis-à-vis d'Arno –, mais qu'il qualifiait à part lui d'arrogance. Il soupçonnait aussi Arno de duplicité, mais n'avait jamais fait part de ce grief à Esther, ou à quiconque. C'est que le caractère d'Arno, tout entier tourné vers lui-même, et tirant de cette contemplation de soi une assurance sans cesse renouvelée, lui déplaisait au-delà de ce qu'il pouvait en dire.

Arno était fantasque et sentimental. Il parlait beaucoup, et peu à peu, à force de discourir et de donner son avis sur les sujets les plus disparates, l'esprit lui était venu – comme l'appétit vient en mangeant, insinuait Jean-Jacques. Mais Arno avait conservé, des années où il était plus jeune et moins certain de briller dans les salons, une espèce de brusquerie, de rapidité dans l'énonciation et de condescendance dans le ton qui surprenaient ses interlocuteurs puis finissaient par leur en imposer, comme si ç'avait été la marque de son génie. Il buvait beaucoup, parce que cela, disait-il, favorisait le bon fonctionnement de son esprit ; et il allait de soi que le bon fonctionnement de son esprit était une chose à laquelle chacun aurait dû veiller scrupuleusement. Il mangeait beaucoup aussi, parce qu'il était très soucieux de la décrépitude des choses et des corps, convaincu que la moindre déperdition de matière le menait un peu vers la tombe, assuré, maintenant qu'il avait dépassé l'âge de quarante ans, qu'il vieillissait, inéluctablement, mais pas persuadé encore qu'il finirait par mourir (et cette incurable confiance en soi d'Arno, cette santé qu'il avait, ce sentiment de son éternité agaçaient aussi Jean-Jacques et le rendaient envieux), attentif enfin, peut-être plus encore qu'à lui-même, aux exigences de ce corps, auquel, disait-il, il n'avait jamais rien refusé – il se vantait d'avoir aimé un nombre incalculable de femmes.

Sa conversation était pleine d'imprévus, d'à-coups, de retours en arrière et de préjugés. Le tour chaotique de ses propos avait beaucoup fait pour sa réputation d'intelligence. Il n'y avait pourtant rien là de composé à l'avance, d'arrangé : Arno était chaque fois tout entier à ce qu'il disait, n'envisageait qu'une seule façon de le dire, ne s'embarrassait pas de nuances, ou de précautions, et en toutes circonstances cédait à une précipitation à laquelle il n'y avait aucune cause apparente et que, faute de pouvoir l'expliquer ou lutter contre elle, il avait érigée en règle de vie. C'était, disait-il volontiers, qu'il n'avait pas de temps à perdre, et cette maxime cent fois répétée faisait naître en Jean-Jacques la perplexité, et une joie maligne. Il était difficile à Arno de s'attacher à un objet, comme à un être ; il en faisait lui-même l'aveu, sans réticence, car il n'y avait aucun trait de son caractère qui ne lui parût digne, sinon d'éloge, au moins de considération. Ses amis se comptaient par dizaines. Il se flattait de ne jamais avoir rencontré une femme sans songer à leur séparation. Son mariage avec Esther avait été le troisième, et c'est à peine s'il avait duré plus longtemps que les deux autres.

Il était né à Florence, où son père dirigeait la filiale d'une banque et où sa famille avait gardé une maison. Lorsqu'il eut fait la connaissance d'Esther, il l'emmena là-bas, espérant sans doute – c'était du moins ce qu'avait supposé Jean-Jacques, quand elle lui eut raconté ce voyage – faire sur elle une profonde impression. Il était impossible à Jean-Jacques, alors qu'un si grand nombre d'années s'était écoulé depuis cette époque, de déterminer si Arno avait réussi et ce qui avait, ou non, dans cette aventure, fait impression sur Esther. Elle lui avait parlé, mais sans qu'il pût rien déceler, rétrospectivement, de ses véritables sentiments, de ses promenades sous la pluie dans la ville noire, pendant les après-midi de ce mois d'août, de l'ombre et de la poussière des jardins Boboli, de son ennui, au bout du compte. Elle n'avait pas aimé Florence. C'était bien normal, lui avait répondu Jean-Jacques, Florence était une ville du Nouveau Monde au milieu de l'Ancien, avec ses palais posés comme des cubes au coin des rues et ses églises froides comme des tombeaux. Et pourtant, Esther, qui ne donnait jamais l'impression de se déplacer, d'observer, ou même de voir, de vivre enfin, Esther, qui était comme un objet que l'on emporte avec soi, Esther, qui ne disait mot (« Qui ne dit mot consent » : Jean-Jacques n'avait jamais mieux senti toute la désolante incongruité de cet adage qu'en sa compagnie), dont le visage reflétait, sans qu'un seul sentiment s'y imprimât, ce qu'elle voyait, avec une terrifiante fidélité, Esther, qu'il avait emmenée à Rome, à Venise ou à Vienne sans rien voir naître en elle que le découragement d'être là, Esther, il n'en doutait pas, avait gardé de ce premier séjour en Italie un heureux souvenir. C'était une époque qu'elle évoquait, pour une fois, sans réserve (sans plaisir non plus, il est vrai, et son récit était, comme toujours, voilé, opaque, chargé d'un sens indéchiffrable), avec une sorte d'opiniâtreté au contraire, une sorte de constance à se remémorer ces moments qui devaient être, avait-il conclu, alourdis pour elle d'un poids singulier de bonheur – ou de malheur, qui sait, mais en ce cas celui-ci s'était dilué dans les années, et transmué en simple réminiscence de ce qui avait disparu.

Arno était le dernier enfant d'une nombreuse famille, dont il aimait parler. L'un de ses frères s'était noyé sur la plage de Biarritz, où ils passaient leurs vacances. De cet événement aussi, il aimait parler, comme de tout ce qui touchait à lui-même, à sa précieuse existence, à ses convictions, à ses fredaines. Il était le sixième fils et, ajoutait-il avec un apparent souci de la vérité, le plus chéri. On lui avait appris ce qui se faisait, et ce que l'on devait proscrire. Il était empli, comme une outre, pensait Jean-Jacques, de l'aisance que procure l'argent, cette familiarité avec les moindres circonstances de l'existence, cette inaltérable bienveillance à l'égard des autres classes que Jean-Jacques avait immédiatement reconnue en lui, et qui fut dès lors entre eux comme une regrettable complicité. C'était ce qu'il se disait lorsque surgissait à son esprit l'image affable d'Arno : « J'ai de commun avec cet aventurier, ce pitre, ce plaisantin, une appartenance à la triste bourgeoisie de la rive droite » – cette petite partie de la rive droite qu'il connaissait par cœur, entre la Madeleine et Saint-Augustin, et qu'il avait aussi en commun avec Esther. Quel déterminisme jetait donc ainsi les êtres les uns contre les autres, quel désolant déterminisme social, qui fait qu'on ne s'écarte jamais tant qu'on le croit de l'endroit d'où l'on vient ? Et peut-être les sentiments que l'on croit éprouver, les affinités que l'on croit observer entre soi-même et les autres se réduisaient-ils finalement à cela, à quelques souvenirs d'enfance composés dans la même tonalité, quelques images du parc Monceau et du boulevard Haussmann sous la pluie, l'écho des cloches de Saint-Augustin, une façon de parler, quelques personnes que l'on a connues il y a un temps infini et dont les noms vous sont encore familiers. La triste rive droite, celle qu'il avait tant aimée, lui revenait tout entière à l'esprit tandis qu'il se faisait ces réflexions : les promenades dans la rue Royale en plein hiver, les goûters dans la cuisine aux carreaux bleus et blancs, l'odeur du chocolat, l'étrange univers des domestiques, qui sortaient de l'office comme des marionnettes arrivant sur la scène d'un théâtre de pacotille, et perdaient toute consistance une fois qu'ils y étaient retournés, les odeurs de cigare et les bruits de rires et de conversations qui s'échappaient du grand salon, dans lequel il n'avait pas le droit d'entrer quand ses parents recevaient, et dont il écoutait la rumeur, immobile, le cœur battant, les soirs où il dînait dans le petit salon, avec son frère, car depuis le milieu de la matinée le couvert était mis dans la salle à manger, avec une profusion d'argenterie, de fleurs, de linge blanc, et on leur apportait, sur un grand plateau, la même chose qu'on servirait plus tard aux grandes personnes – ils échangeaient des grimaces par-dessus la table, singeant les manières de leur mère, dont ils entendaient, derrière la double porte recouverte de velours, la voix qui donnait des ordres.

Il ne paraissait pas qu'Arno eût quant à lui gardé de tels souvenirs de son enfance. Les siens étaient heureux, uniformément. Et de ce qu'on lui avait inculqué dans ces années-là, il se prévalait comme d'une science ; c'était un privilège qui le distinguait du commun des hommes. L'un des plus grands reproches qu'il eût faits à Mélanchon était de ne pas savoir se servir de couverts à poisson. Il ne doutait pas, avait-il ajouté, que Mélanchon sût à merveille se comporter sous la tente d'un chef nomade, virevolter dans la steppe kirghize sur le dos d'un petit cheval arabe, ou marchander dans le grand bazar d'Istanbul ; mais se servir de couverts à poisson, non, visiblement ce don de la nature et de l'éducation lui avait été refusé, et Arno ne pouvait que le déplorer. Ce genre de remarques, qu'il prononçait sans aigreur – le ressentiment était sans doute le défaut dont Arno était le plus éloigné – et sans mépris – cela aussi lui était impossible, le mépris étant un sentiment trop accaparant, inutilement distrayant –, avec au contraire une sorte d'intérêt pour sa victime, et son sourire charmant où ne perçait jamais de méchanceté, rien d'autre qu'un incommensurable bonheur d'être lui-même, faisait toujours rire Esther, sans méchanceté non plus. Esther savait-elle seulement, se demandait Jean-Jacques, ce que c'était que la méchanceté, l'avait-elle seulement éprouvée, savait-elle seulement qu'on pouvait l'aimer, et désespérément vouloir sa mort, son démembrement et sa disparition ?

Arno avait fait des études de médecine, qu'il avait abandonnées parce que la misère humaine, disait-il, n'était pas de son domaine ; et puis, ajoutait-il, pour être médecin, il fallait voir trop de corps nus, et cela heurtait sa pudibonderie naturelle. De ces deux explications, dont l'une beaucoup plus que l'autre provoquait le rire, Jean-Jacques ne savait pas exactement laquelle était la plus véridique, la plus naïve. Il soupçonnait que ce fût la seconde, mais ne s'attardait pas à cette idée, dans laquelle il aurait retrouvé, une fois de plus, une confuse connivence entre son caractère et celui d'Arno. Celui-ci avait ensuite quitté la France pour revenir en Italie, où il avait exercé, disait-il, dix métiers différents. Puis il était rentré, avait écrit dans différents journaux ce qu'il pensait des livres qu'il lisait – et il est hors de doute qu'il en lisait beaucoup, mais de ces livres dont Jean-Jacques ne pouvait seulement parcourir une page sans en avoir la nausée, de ce tout-venant, de cette écume grise dont il avait la désagréable sensation qu'elle lui encombrait et salissait l'esprit –, et avait acquis dans ce domaine un peu de talent et beaucoup de savoir-faire. Il en vivait. Il était persuadé d'être très lu, universellement estimé et redouté pour ses critiques, et c'était peut-être vrai.

Est-ce cela qu'avait aimé Esther chez lui, cette certitude, qui résistait à tout, d'avoir raison, toujours, cette force qui ne se mesurait pas, ce bonheur de soi-même que Jean-Jacques trouvait inconvenant – il n'avait décidément pas d'autre mot à sa disposition pour exprimer tout le dédain que suscitait en lui cette extraordinaire impudence –, cette indélicatesse native, cet enivrement qui était au-delà de l'amour-propre ? Arno était du reste prodigue de sa satisfaction : passé le cercle étroit de sa propre personne, il était toujours élogieux pour ses amis ou pour les femmes qu'il avait aimées, qui recevaient un peu de son éclat, qui réfractaient sa lumière. Était-ce cela qu'Esther avait recherché en l'épousant, avait-elle voulu voir rejaillir sur elle un peu du grand contentement d'Arno ? Jean-Jacques ne pouvait le supposer sans amertume, percevant bien à quel point il était dans ce registre inférieur à Arno, et incapable de donner à qui que ce soit, comme par contagion, un tant soit peu de lustre. Il revenait sans cesse cependant à cette hypothèse, comme s'il avait été là au plus près de pénétrer le secret d'Esther, de traverser sa belle apparence. Et il l'en aimait davantage, avec plus d'inquiétude encore, mesurant d'un coup à quel point ce n'était rien qu'Esther, à quel point ce devait être un lieu vide et désolé, quelque chose d'informe, une esquisse, rien d'accompli, pour qu'elle ait ressenti ainsi la nécessité de s'agglutiner à une autre vie que la sienne, pour s'y être lovée, incrustée, dissoute, pour s'être effacée derrière la figure dérisoire d'Arno.

C'est lors d'un dîner, où il s'était rendu sans penser à mal, que Jean-Jacques avait fait la connaissance d'Arno et qu'il avait appris – c'était un sentiment qu'il ne connaissait pas, il l'avait seulement rencontré dans les livres – ce que c'était que la jalousie. Il eut ce soir-là la certitude qu'Esther avait aimé Arno infiniment, et c'était, cette attention portée à un être vivant, un corps, une chair, si insolite de la part d'Esther (Esther, l'eau qui dort et dont il ne servirait à rien de se méfier, car elle ne recèle aucun piège, pas de menace, pas de mensonge, elle n'est rien d'autre qu'une eau sans fond qui dort), que Jean-Jacques avait d'abord cru s'être trompé. Qu'elle se fût ainsi laissé distraire d'elle-même par le bavardage d'Arno, par ses manières étranges, par son rire, auquel elle répondait comme un écho, qu'enfin délivrée d'elle-même, sereine, et surtout rieuse, gaie, la machine enfin animée, la créature enfin pourvue d'une âme, Esther, telle que Jean-Jacques ne l'avait jamais connue, vivante enfin, ait éprouvé de l'amour pour l'un de ses semblables, c'était si peu conforme à l'idée qu'il se faisait d'elle qu'il avait d'abord incriminé sa propre inclination pour la mélancolie. Il s'était dit que puisque Esther ne l'aimait pas, lui qui l'aimait tant, il y avait fort peu de chances qu'elle en ait aimé un autre, et surtout pas Arno, cet imbécile. Mais il avait dû se rendre à l'évidence, et l'évidence lui avait insufflé, d'un coup, cette idée qu'il s'était mépris sur Esther, qu'elle n'était pas extraordinaire, simplement sotte, désespérément, et que c'est malheureusement le propre des hommes intelligents que de tomber amoureux de femmes sottes – il avait lu cet aphorisme quelque part, il ne savait plus où, et il en éprouvait soudain, avec force, toute la vérité.

Aussi, autant il consentait à ne rien savoir de ce qu'il appelait l'épisode Mélanchon, convaincu que ç'avait été, cette liaison avec Cyrille, un instant d'égarement de la part d'Esther – et puis, après tout, c'était un brave homme que Mélanchon, quel mal y avait-il à s'éprendre d'un homme bon, c'est si rare, et Jean-Jacques en tirait d'émouvantes conclusions sur le généreux naturel d'Esther, sur ce souci des êtres qui malgré tout devait être enfoui en elle, à une si grande profondeur que c'était faute de persévérance, seulement, qu'il ne l'avait pas encore atteint et découvert –, autant il voulait tout connaître de ce qui s'était passé avec Arno, de ce qui avait fait le quotidien des cinq années qu'Esther avait vécues avec lui. C'était beaucoup, cinq ans, compte tenu de ce que l'on savait ou de ce que l'on disait par ailleurs de l'inconstance d'Arno, de son manque d'égards pour les femmes qu'il aimait, de sa propension au mensonge. Qu'est-ce qu'Esther avait senti, souffert, chéri de lui pendant ces cinq années, qui demeureraient à jamais à Jean-Jacques comme un continent inconnu, comme un trésor enterré, et dont il avait avec la plus grande peine mis au jour quelques fragments, qui certainement n'étaient pas les plus précieux ? Car Esther avait compris quel intérêt il portait à ce moment de sa vie, et, soit malice – mais il eût alors fallu convenir qu'elle n'en était pas totalement dépourvue, et c'était l'une des choses auxquelles Jean-Jacques tenait le plus que cette idée, si fortement ancrée chez lui, de la bonté d'Esther –, soit précaution, elle lui en parlait d'autant moins qu'il s'en préoccupait davantage ; à moins que ce ne fût là encore une extrapolation de la part de Jean-Jacques, un effet de son attention toujours aux aguets, toujours interprétative, quémandeuse de réponses, de preuves : peut-être n'avait-elle rien perçu du tout, et ne parlait-elle pas plus de ce moment que des autres, parce qu'il était équivalent aux autres, égal, ni plus terne ni plus brillant que le reste.

Comme, l'été précédent, ils revenaient de Rome par la côte, qu'ils étaient passés par Gênes, qui avait paru à Jean-Jacques une ville affreuse, et qu'ils étaient arrivés en France alors que le soir tombait, et comme Esther avait lors de ce voyage à plusieurs reprises fait référence à Arno, tout naturellement, puisque c'était avec lui qu'elle était allée en Italie pour la première fois, Jean-Jacques avait arrêté la voiture un instant au bord de la route. Il était fatigué. Le ciel était d'un bleu limpide qui peu à peu tournait au gris et au rose.

Il y avait quelques nuages au-dessus de la mer et tout autour d'eux le silence.

« Esther, lui dit-il, la prenant dans ses bras, cherchant une fois de plus, avec cette obstination dans le malheur qui était son plus cher trait de caractère, cette ténacité dans la tristesse qui était le grand héritage de son enfance, sa marque d'appartenance à une partie de l'humanité plutôt qu'à l'autre, ce qui faisait qu'Esther et lui étaient, il le sentait avec un immense bonheur, comme un frère et une sœur frappés de la même malédiction, Esther, m'aimeras-tu jamais ? »

Il s'en voulut aussitôt, à l'étonnement qui parut sur le visage d'Esther, d'avoir parlé, comme s'il n'avait pas su, depuis longtemps, qu'il y avait des propos qu'il ne fallait pas tenir, des sujets qu'on n'abordait pas, comme s'il l'avait, du seul fait de cette formule malheureuse, éloignée vertigineusement de lui, comme s'il avait mis d'un coup entre elle et lui une distance infinie, que plus rien ne comblerait – le très grand espace qui sépare deux astres morts, le soleil et la lune, les continents. Et comme Esther était en effet loin de lui soudain, et tranquille cependant, à son habitude, dans cette lumière du soir qui s'adoucissait tandis que tombait la chaleur, et que le vent venu de la Méditerranée soufflait dans les pins ! Comme Esther était loin de lui, sereine, et peu à peu, de nouveau, souriante, comme elle était loin de lui, ne lui ayant pas répondu, l'ayant, sans cruauté et sans espoir de retour, abandonné à sa peine, et puis quelques heures plus tard l'ayant tout à fait oublié, tandis qu'elle s'endormait dans une chambre d'hôtel près de Marseille, alors qu'il gardait les yeux grands ouverts dans la nuit, comme elle était loin de lui, endormie contre lui, distante, intacte, étrange !

7

Ce n'était pas par hasard que Jean-Jacques s'était, plus qu'à tous ses autres amis, attaché à Ferdinand. Il disait, cependant, le contraire : que c'était par hasard, et que, de toute façon, il ne s'était pas, à proprement parler, attaché à lui ; habitué, indiquait-il, aurait été un mot plus juste.

Ferdinand Gravier venait d'Issoudun, qui n'était pas, convenait-il avec un dépit feint, la plus belle ville de France, mais à laquelle il s'était accoutumé. Il gardait, de cette origine, une vague rancœur à l'égard du monde. Il était petit – contrefait, précisait volontiers Jean-Jacques, avant de regretter ce manque de charité qui l'avait emporté, mais le moyen de résister à l'attrait d'un mot désuet ? – et taciturne. Il manquait de vivacité, et même, disait encore Jean-Jacques, d'esprit. Il avait mauvaise réputation. Il était entré premier à l'École et n'en avait témoigné aucune satisfaction. Aussi apparaissait-il comme un individu sournois, ambitieux et dénué de scrupules.

Après bien des hésitations, il avait abandonné l'étude de la philosophie pour celle des lettres. Car son père aimait la littérature, disait-il souvent, et y avait-il quelque chose de répréhensible à vouloir satisfaire, autant qu'on le pouvait, et tout en ayant l'amère certitude qu'il était trop tard, les ambitions d'un père ? Le vieux Melchior Gravier vivait encore, à Issoudun, dans une maison de brique, entourée d'un petit jardin, près de la voie ferrée. Il était retraité de l'administration des Postes, et vouait en effet une grande admiration aux romanciers du XIXe siècle finissant, particulièrement à Huysmans, dont il avait fait relier l'œuvre en veau et qu'il consultait régulièrement. Huysmans était aussi l'un des auteurs favoris de Ferdinand. Il aimait par-dessus tout *Là-bas*, et dans *Là-bas* l'évocation des tours de Saint-Sulpice, inégales, ouvertes au vent, devant lesquelles il passait souvent, le soir, pour le simple plaisir de les voir, illuminées et vides, emplir le ciel noir où filaient des nuages. Melchior Gravier avait aussi beaucoup lu Céline : il savait des pages entières de *D'un château l'autre*. « La capitale du Honduras, Bichelonne ? – Belize, monsieur le président ! – Et du Honduras britannique, Bichelonne ? – Tegucigalpa, monsieur le président ! » : l'enfance de son fils avait été bercée de cette litanie, que Ferdinand avait connue par cœur avant même d'en saisir tout le sens ; le vieux M. Gravier la débitait d'un trait, penché sur la table de bois blanc (dans la petite maison d'Issoudun, on dînait à la cuisine), recouverte d'une nappe de toile épaisse, avec sur le visage un air de grande jubilation ; il partait, à la fin de cette tirade, d'un rire interminable, puis retombait sur sa chaise essoufflé, vibrant encore de cette explosion de joie littéraire. C'est cette préférence affichée pour l'œuvre de Céline qui l'avait conduit à choisir ce prénom pour son fils. « Il n'y a pas de honte, hein, il n'y a pas de tabou ! » fulminait-il quand on l'interrogeait à ce sujet, avant de conclure d'un sonore : « Qu'ils aillent se faire foutre ! », dont il était impossible de savoir précisément qui il visait – Ferdinand avait à ce sujet une petite idée, mais il préférait la garder pour lui.

Il faisait le moins possible état de cette filiation intellectuelle qu'on lui avait imposée ; mais il lui arrivait aussi de s'en flatter, comme d'une tragédie dont il aurait été la victime. Il aurait préféré que son père fût plus discret dans ses choix politiques ; lorsqu'on lui en parlait, il les défendait cependant, parce qu'il était entré dans la vie avec cette conviction étrange, mais indéracinable, qu'il lui fallait défendre la cause du vieux M. Gravier contre l'univers entier. Pour cette raison, il était fréquent que ses camarades l'appelassent l'Abominable Ferdinand. Jean-Jacques lui-même ne se faisait pas faute, de temps à autre, d'utiliser cette expression.

Ferdinand avait passé deux ans en Angleterre. Il avait vécu dans la banlieue de Londres, donné des cours dans une université, et épousé une Anglaise. Il était revenu en France avec elle. Elle était jolie, juvénile, riait de tout, s'émerveillait facilement, se contentait de peu, avait pour Ferdinand une grande admiration. Il la considérait, quant à lui, avec beaucoup d'aménité. Elle l'ennuyait. Il l'avait épousée dans un moment de découragement, persuadé qu'il n'aurait jamais de succès avec les femmes, qu'il était trop laid, trop intelligent et trop fidèle à ses convictions pour plaire à qui que ce soit. Henrietta l'avait convaincu du contraire. L'attachement qu'elle lui portait, si manifeste, dépourvu de toute complication, cet amour uniforme et plat, sans passion, et puis son indéfectible entrain, la grâce avec laquelle elle portait d'affreuses petites robes à fleurs roses auxquelles elle tenait par-dessus tout et qu'il eut le plus grand mal à lui faire abandonner, l'habileté avec laquelle elle coiffait ses épais cheveux bruns en de lourds chignons où elle piquait des épingles en regardant Ferdinand dans la glace, souriante, tout cela l'emplit d'étonnement et de reconnaissance, et il se crut amoureux.

Dès son retour en France cependant, il s'était désenchanté d'elle. Il avait considéré Henrietta, son rire qui ne s'était pas tari, sa constance, sa beauté, le fils qu'ils avaient eu, et qu'il avait à son tour appelé Melchior – c'était un délicieux signe de connivence et d'allégeance qu'il adressait là à son père, comme une offrande qu'il lui faisait, avec la crainte secrète qu'elle ne fût refusée, l'aveu que le souvenir d'Issoudun, loin de s'estomper avec le temps, avait crû en lui, s'était développé dans son âme, l'avait envahie, façonnée, enfin l'expression d'une vertigineuse modestie, assez inhabituelle chez lui : il n'était qu'un trait d'union, déclarait-il, un maillon, nécessaire et médiocre, entre le premier Melchior et le second. Il avait pesé, comme il disait, le pour et le contre, songé qu'il faut réserver une part de sa vie, nécessairement, à l'ennui et à la souffrance, et qu'il vaut mieux en déterminer soi-même l'importance, de peur que le sort ne lui en réserve une plus grande encore ; et puis, sans l'ennui et la souffrance, où seraient le sel, la précarité et la divine inquiétude des moments de bonheur ?

Il prit donc le parti de laisser les choses en l'état, c'est-à-dire de rentrer tous les soirs dans son appartement de la rue du Val-de-Grâce, qu'il avait meublé avec beaucoup de soin, dont il avait recouvert les murs de tissus rayés, où il avait accroché des tableaux qu'il allait chercher chez Drouot, le lundi, de s'y laisser engluer, sans émotion, de prêter une attention de surface aux propos d'Henrietta, le dimanche d'arpenter les allées du Luxembourg, de rentrer chez lui par le square Marco-Polo, poussiéreux et bourdonnant des jeux des enfants, parfois d'aller passer, l'hiver, une semaine à Londres, où il avait gardé quelques amis, l'été de partir en Italie, dans une maison qu'il louait près de Rome. Il lui arrivait de sentir peser sur lui comme un regret, un désir sans objet, aussitôt enfoui sous les soucis quotidiens de sa vie, et ses petits plaisirs. Il ne s'était pas absolument interdit de tomber amoureux ; et comme il ne faisait pas mystère de cette grande liberté de mœurs et d'esprit, qui l'inclinait à évaluer, dans chaque femme qu'il rencontrait, les chances qu'il avait d'être séduit par elle tout en continuant à marquer à la sienne les signes du plus grand attachement, ses amis l'appelaient aussi, et cette formule ravissait Jean-Jacques, le Fourbe Ferdinand.

C'était précisément la mauvaise réputation de Ferdinand qui avait plu à Jean-Jacques. Il s'était dit, car il avait le goût du paradoxe, qu'un homme qui suscitait autant d'aversion ne pouvait être totalement mauvais. Pendant un temps, il le vit à l'exclusion de tout autre de ses camarades – Jean-Jacques avait une propension marquée à se passionner pour un objet, à en épuiser toute la saveur, avant de s'en détacher. Ferdinand avait amassé une petite fortune en occupant, dès sa sortie de l'École, la fonction d'homme à tout faire d'un député qui était devenu ministre. Il en avait d'abord dit le plus grand mal. Il était revenu de ses voyages en province écœuré, affirmait-il, des mensonges électoraux, et déclarant avec une sorte de colère civique qu'il fallait réécrire *Lucien Leuwen*. Il avait dénoncé, devant ses amis ébahis, les turpitudes et les prodigalités de son patron. Il avait tenu le compte de ses bonnes fortunes, de ses erreurs et de ses trahisons. Il avait songé à démissionner, avait souffert de cet hiatus qui allait s'élargissant, jusqu'à devenir un abîme, entre son honnêteté naturelle et le triste spectacle des mœurs publiques. Et puis, comme il aimait bien cette vie tapageuse qu'on lui offrait, comme il était frivole, dépensier, soucieux de paraître, bavard et conciliant, enfin, comme le grand appartement de la rue du Val-de-Grâce lui avait coûté cher, et qu'il n'aurait renoncé pour rien au monde à y rentrer lentement, les soirs d'été, traversant l'ombre des grands arbres, poussant la petite grille du jardin, et contemplant, jusqu'à ce qu'il fût parvenu devant sa porte, la façade blanche et rose de l'église, il avait consenti à subir ce qu'il appelait la loi des hommes, et qu'il énonçait ainsi : « A moins de devenir fou, on finit invariablement par aimer ceux que l'on sert. » Il avait donc aimé son ministre, comme son propre père d'abord, avec respect, et puis avec ferveur, comme on aime une femme. Jean-Jacques, qui plaçait au-dessus de tout sa propre tranquillité, qui n'aimait ni le bruit, ni le mouvement, ni les honneurs, ni les assemblées, qui n'avait pas besoin d'argent et n'avait jamais ressenti le désir d'être utile au plus grand nombre, trouva dans ce destin de Ferdinand quelque chose d'esthétique et de prodigieux. Ils déjeunaient souvent ensemble dans les jardins du Palais-Royal, et Ferdinand lui racontait alors, avec des détails, des incidentes, des amplifications, des omissions, des répétitions et des emphases, bref, toute une rhétorique qui, au bout de plusieurs années, n'avait toujours pas lassé son interlocuteur, les péripéties de sa vie publique et celles de sa vie occulte, les services qu'il rendait aux uns ou aux autres, la façon dont il les monnayait, les travers et les grandeurs des personnages qu'il côtoyait, dont certains étaient illustres, leurs vices, leurs vertus, que chaque fois il égayait de quelques anecdotes remarquablement composées, qui toutes donnaient un sens, et une exemplarité, à son existence.

« Je dirai tout, affirmait-il avec force, quand je serai vieux, et l'on verra ce que l'on verra ! » Il pensait, mais ne livrait pas cette idée à Jean-Jacques, dont l'intelligence l'inquiétait, que, lorsqu'il aurait tout dit, le vieux Melchior Gravier serait vengé. Il ne savait pas bien de quoi, ni quelle nécessité il y avait à ce qu'il le fût, mais ne pouvait se défaire de cette certitude, qui le réconfortait et lui causait en même temps beaucoup de souci, parce que l'image de son père enfin vengé des outrages se superposait, quoi qu'il en eût, dans son esprit, à l'image de son père mort, et cette dernière impression, vivace et terrible, une fois qu'elle était entrée dans son âme, y demeurait ancrée, alors même qu'il voulait la chasser, et l'empoisonnait sans qu'il y trouvât de remède.

L'assiduité de Jean-Jacques et sa complaisance dissuadaient Ferdinand de s'attacher un autre public. Il n'aurait pour rien au monde renoncé à ces déjeuners du jeudi – c'était ce jour-là qu'ils étaient convenus de se retrouver, une ou deux fois par mois – qui lui permettaient, disait-il, de remettre un peu d'ordre et d'harmonie dans sa vie, où les événements se précipitaient en foule, de porter aussi, sur elle, un regard critique, lucide, affranchi des contraintes et des servitudes liées à sa fonction. Et Jean-Jacques, si prompt d'ordinaire à suspecter chez ses contemporains l'affectation, la mauvaise foi ou le calcul, s'émerveillait de ces récits.

C'est Ferdinand qui l'avait introduit auprès d'Esther. Car Ferdinand professait pour Arno Bozza la plus grande admiration, et tout ce qui appartenait à l'univers d'Arno, à la fois familier et redoutable, lui était sacré. « Il a été marié à une petite femme charmante, avait-il donc dit à Jean-Jacques un jeudi, alors qu'ils sortaient du jardin par les grilles qui donnent dans la rue de Richelieu, un peu neurasthénique, mais rien de grave. Un peu étriquée aussi, certainement, on sent d'emblée chez elle le poids de l'éducation. Il a fini par se séparer d'elle, parce qu'il n'est pas l'homme d'une femme. Mais lequel d'entre nous pourrait prétendre être l'homme d'une femme ? » avait-il ajouté en riant de son rire sans entrain.

Sur le moment, Jean-Jacques n'avait prêté qu'une médiocre attention à ce portrait, dont il devait, par la suite, se remémorer, avec délectation et amertume, le moindre mot. Il rendait hommage, chaque fois qu'il y songeait, à la sagesse de Ferdinand, à son affreux bon sens, à son manque d'enthousiasme, à son parfait discernement. Lui-même, qui aimait Esther, qui l'avait tant aimée, depuis tant d'années, qu'aurait-il pu ajouter à cette description si fidèle, si émouvante de pertinence et de fidélité ? Du reste, dès qu'il l'avait vue, assise dans le salon de la rue du Val-de-Grâce, immobile, comme pétrifiée, avenante, vêtue d'une de ces robes noires comme on en voyait tant, sur toutes les femmes, désireuse de lui plaire, c'était évident – elle lui avait dit, dès l'abord, que Ferdinand avait fait son éloge, et ce compliment maladroit avait empli Jean-Jacques de défiance et de commisération pour elle –, discrète, sérieuse, il avait reconnu en ce domaine la supériorité qu'avait sur lui Ferdinand, capable de faire, en quelques mots, le tour d'un individu – qui pourrait prétendre qu'on ne peut réduire un individu à quelques mots, pourvu qu'ils soient bien choisis ?

Elle avait été placée à côté de lui et avait répondu, à toutes les questions qu'il lui posait, avec une solennité dont on ne devrait, songeait Jean-Jacques en l'écoutant, faire usage qu'en de grandes occasions, un deuil, une grave circonstance nationale, un véritable débat philosophique. Rien de tout cela ne fut évoqué ce soir-là à la table de Ferdinand, et cependant Esther ne se départit pas de son application, de son manifeste souci de bien faire, et de bien se comporter. Convenable, c'était l'adjectif qui venait à l'esprit de Jean-Jacques lorsqu'il se représentait alors Esther – tristement convenable, ajoutait-il volontiers, dans ces premières semaines qui avaient précédé le moment obscur, abyssal, inouï, où il s'était senti, d'un coup, amoureux d'elle.

« Vous étiez faits pour vous entendre », avait prononcé Ferdinand, après un instant de réflexion, lorsqu'il avait appris l'incroyable nouvelle. Jean-Jacques avait senti dans cette phrase sibylline un reproche qu'on n'avait pas osé formuler plus clairement, et qu'il tenta en vain de déchiffrer. De ce moment, il vit moins Ferdinand. Ce n'était pas réticence de sa part, ou antipathie, ou indifférence. Il se trouvait simplement qu'Esther l'absorbait tout entier, que l'univers dans lequel elle avait pu se mouvoir avant de le connaître lui était non seulement étranger, mais irréductiblement hostile, il le sentait jusqu'à la nausée. Or Ferdinand, ami dévoué, convive déférent, était un élément de cet univers, et comme tel susceptible d'engloutir à nouveau Esther, susceptible de se l'approprier à nouveau, de l'entraîner en dehors d'elle-même, de la divertir d'elle-même, elle que Jean-Jacques voulait enclose en elle-même, réduite au silence, isolée ; Ferdinand était susceptible d'indéfiniment enrichir, agrandir, consteller d'astres inconnus le monde d'Esther, que Jean-Jacques souhaitait au contraire aussi circonscrit, infime, sombre et misérable qu'il était possible.

Il dit donc à Esther le plus grand mal de Ferdinand. Il lui parla de Melchior Gravier, qu'elle ne connaissait pas, tapi sur le bas-côté de sa voie de chemin de fer, pittoresque et odieux. Il lui recommanda même, puisqu'elle venait dormir avec lui rue Saint-Florentin, d'abandonner tout ce qui avait fait jusque-là la trame de son existence, de ne plus revoir Arno, ni le ridicule Mélanchon, ni qui que ce fût qui eût peuplé la terre qu'elle habitait avant de le connaître. Il lui demanda de renoncer à tout. Il lui dit qu'il suffirait à tout, qu'elle n'avait plus de souci à se faire, qu'elle était à lui maintenant, qu'elle n'avait plus d'inquiétude à avoir. Elle céda à ce qu'il exigeait, sans qu'il pût déterminer – ils étaient assis, l'un à côté de l'autre, dans le clair-obscur de la bibliothèque de la rue Saint-Florentin, et elle n'avait pas, à son habitude, fait un geste pour se rapprocher de lui – si elle le faisait de bonne grâce ou à contrecœur. Elle lui demanda simplement ce qui pouvait lui faire croire qu'elle éprouvait, à quelque sujet que ce soit, de l'inquiétude. Il retira, de cette simple question qui le laissa interdit, l'assurance d'une grande tranquillité à venir, l'assurance qu'il mènerait avec Esther une vie paisible, la vie qu'il voulait, loin des hommes, de leurs passions et de leurs faux-semblants. Esther les avait quittés sans regret, et venait à lui irréprochable. Comme il allait l'aimer, la récompenser de cette bonne volonté qu'elle lui témoignait, la soustraire à tout ce que le monde produit de néfaste !

Dans les mois qui suivirent, il leur arriva, de temps à autre, de reparler de Ferdinand. Esther le faisait sans malignité ; chaque fois cependant Jean-Jacques l'écoutait comme si elle allait lui annoncer un malheur. « Tu ne te garderas jamais assez de Ferdinand, lui dit-il un jour, c'est le mal incarné que cet homme-là, c'est le diable en personne. » L'image produisit une certaine impression sur Esther, qui se le tint pour dit. Elle ne prononça plus le nom de Ferdinand, ni celui d'aucun des habitués de ses dîners. Le nom même d'Issoudun fut proscrit de leurs conversations, et c'est à cette époque que Jean-Jacques dit à qui voulait l'entendre que jamais il n'avait été lié, d'aucune façon, à Gravier, cet inquiétant personnage, qui avait toujours eu une mauvaise réputation, dont rien n'indiquait qu'elle était usurpée, et qui avait fait la preuve de sa dépravation morale en se mettant au service d'un politicien de la pire espèce.

Ferdinand quant à lui ne fut pas surpris de la désaffection soudaine dont il était l'objet – du moins, s'il fut surpris, il n'en laissa rien paraître. Il n'en éprouva ni déconvenue ni dépit. Lorsqu'on lui demandait des nouvelles de Jean-Jacques, et pourquoi on ne le voyait plus rue du Val-de-Grâce, où il avait pourtant été un hôte assidu, il disait avec un peu de malice, et l'air de sous-entendre beaucoup de choses, pas toutes avouables, qu'on ne lui aurait d'ailleurs arrachées pour rien au monde, que Jean-Jacques était accaparé par une femme, assez jolie du reste, et qu'un jour ou l'autre tout rentrerait dans l'ordre.

8

Jean-Jacques et Esther étaient arrivés à Marseille à la nuit tombée. Jean-Jacques y connaissait un ami qui les avait emmenés dîner dehors, puis à Notre-Dame-de-la-Garde, pour leur montrer le panorama, dont il était fier. C'était le mois d'août et, bien qu'il fût plus de minuit, la chaleur pesait encore sur la ville, mais une chaleur impalpable, aérienne, une brume tiède qui était descendue sur eux et les enveloppait entièrement, tandis que tout autour de Jean-Jacques, et devant lui, à perte de vue, jusqu'au fond de la nuit, les lumières scintillaient ; la masse noire de la mer, à l'ouest, immobile, silencieuse, n'apportait aucun souffle de vent. Jean-Jacques sentit se former en lui cette première cristallisation de la joie, ce petit noyau hermétique et solide qui, il le savait bien, ne manquerait pas de croître, de gonfler jusqu'à devenir unc immense et irrépressible exaltation, d'irradier dans chaque partie de lui-même, d'y répandre une chaleur terrible, avant d'exploser enfin en fragments épars, noirs, irréconciliables, et de laisser la place au vertige, cette sensation de ne plus s'appartenir, d'être désormais étranger à soi-même et au monde – et pour combien de temps ? –, d'à peine entendre ce que l'on dit autour de soi et de ne plus trouver de sens aux formes des choses, cette terreur du noir, cette infranchissable distance qui d'un coup le maintenait dans un éloignement infini des autres. Il eut envie, pendant qu'il était encore temps, avant que ce désarroi ne l'ait gagné tout à fait, d'embrasser Esther, qui était debout à côté de lui, et riait, il ne savait pourquoi, une chose qu'on lui avait dite sans doute, et elle riait de ce rire sans apprêt qui était ce qu'il préférait d'elle ; tout à son émerveillement, résolu à s'y abandonner, saisi d'une espèce de précipitation, et d'insouciance, il eut envie de l'embrasser, de la serrer contre lui, et se rapprocha d'elle.

« Que faire du bonheur ? » se demanda-t-il aussitôt, tandis qu'elle le regardait, soudain dépourvue de cette indifférence dont il avait cru tant souffrir, aimante peut-être, qui sait, confiante en tout cas, il en eut soudain l'embarrassante certitude. « Que faire du bonheur ? » songeait-il, observant à nouveau la ville immense et illuminée, déversée à ses pieds. Que faire d'Esther, de son petit visage tranquille, embelli par la pénombre, mystérieux et parfait dans la pénombre, de son rire qui n'avait pas de signification, de son peu d'exigence, finalement de sa simplicité ? Que faire d'Esther et de cet instant qu'il passait avec elle, dont il percevait déjà quel souvenir il deviendrait, poli, achevé, sans faille et sans aspérité – quel beau souvenir, quelle irréfragable image de mer et de nuit noire, d'odeur des fleurs, de silence et de rire ! Fallait-il considérer que toute la vie serait à cette image, y souscrire, s'y enfoncer comme dans cette tiède obscurité qui l'entourait, ne rien désirer d'autre, accepter de s'y engloutir, renoncer à tous les tourments qui en faisaient la chair, mourir ?

Il regarda Esther, qui décidément ne percevait rien de ses sentiments, s'alarma de la voir rire encore, se pencha vers elle, plus près de ses joues roses qu'il aimait embrasser, respira son parfum, s'irritant davantage de la sonorité de son rire, se faisant le serment de ne rien entreprendre à quoi elle serait mêlée, de ne pas avoir d'enfant d'elle, jamais, de ne rien avoir de commun avec elle, qui lui appartenait si peu, et se rappelant soudain, dans un élancement, cette soirée de la veille où il s'était arrêté sur le bord de la route, devant la forêt de pins, cette émotion qui l'avait submergé et qu'elle n'avait pas partagée, regardant son visage heureux – de quoi Esther pouvait-elle donc se réjouir avec ce naturel, cette gaieté si manifeste et si franche, qu'y avait-il dans son existence, dans leur existence à tous deux, dont elle pût s'estimer si naïvement satisfaite ? –, imaginant que, lorsqu'ils se retrouveraient seuls dans la chambre de leur hôtel, elle serait, c'était certain, beaucoup moins gaie, se promettant de ne jamais lui venir en aide, jamais, de ne jamais concourir à sa joie ou à son bonheur, il se félicita de ce que rien ne dût demeurer de leur aventure, de ce qu'il ne resterait rien d'elle, de son misérable et insignifiant passage sur cette terre.

Qu'était-elle d'ailleurs ? Un corps sans âme, une charmante mécanique qu'on avait façonnée, apparemment, pour un autre usage que le sien, et dont il ne connaissait pas les rouages, pas une femme certainement, et certainement, depuis des siècles, plus une enfant – elle avait la sagesse et la raideur immémoriale de ces divinités créées par les hommes, qui n'ont pas de passé. Une enfant, elle qui en avait tant l'apparence, qui ne vieillissait pas, demeurait intacte, lisse, impavide, tandis que passaient les années et que s'écoulait le temps précieux, le sable précieux de l'existence de Jean-Jacques, une enfant, l'avait-elle jamais été ? De son enfance, c'était manifeste, elle avait soigneusement effacé toutes les traces, comme un assassin après son crime. De la vie merveilleuse, des mensonges et des peurs de l'enfance, il ne restait rien en elle, rien qu'il pût se représenter, rien qui lui fût familier. Et l'observant encore, il concluait que cela avait dû être quelque chose de bien insipide, bien univoque, bien laid finalement que l'enfance d'Esther, quelque chose que l'on se devait d'oublier, qu'elle avait oublié avec raison, c'était une preuve de son bon goût, quelque chose qui avait passé, qui n'était plus, noyé, disparu, dans un tourbillon, quelque chose qui ne remonterait jamais à la surface, et il y avait là de quoi se réjouir, quelque chose qui n'avait pas eu de forme, pas de couleur, pas de consistance, quelque chose qui n'avait pas fait de bruit – pauvre Esther !

Il la serra contre lui, l'embrassa, comme il en avait envie, lui dit qu'il l'aimait au-delà de ce qui était imaginable. Et lui parlant de cette manière, avec cette emphase qu'il affectionnait, ces mots qui ne correspondaient pas à ce qu'il éprouvait, mais toujours, exactement, avec une précision dont il se réjouissait, à ce qu'il voulait dire, ces mots qu'il utilisait avec un tel plaisir, une délectation d'esthète, qu'il choisissait toujours avec soin, un à un, un parmi tant d'autres, semblables et divers, il se demandait quel profit il retirerait de cette histoire, quel serait l'état des comptes quand il en aurait fini avec Esther ; car il espérait bien – il avait l'impression que c'était ce qu'il souhaitait le plus au monde, il le souhaitait avec une vivacité qui était une douleur, un essoufflement, une rigidité soudaine de tout son corps, un mal – qu'un jour il en aurait fini avec Esther. Ce jour-là, quel bilan ferait-il de ces années perdues, de cet égarement qui l'avait saisi, que conserverait-il d'autre qu'une réminiscence morose de ce dîner chez Ferdinand, où elle se trouvait, assise, bien droite et silencieuse, au fond du salon vert, puis de ces premiers jours qu'il avait passés avec elle, ne la connaissant pas encore, et qui lui paraissaient maintenant aussi éloignés de lui que s'il avait vécu deux vies ?

Esther ne lui répondit pas, à son habitude. Elle ne lui témoigna ni contentement ni reconnaissance ; de la reconnaissance, c'était pourtant ce que Jean-Jacques attendait d'elle, ce qu'il estimait lui être dû, puisqu'il l'avait entraînée hors de ce salon vert où elle se morfondait, qu'il l'avait aimée, elle qui ne lui était pas destinée, qu'il l'avait réconfortée, chérie, qu'il avait tout attendu d'elle. Comme il voulait, à présent, qu'elle disparaisse de sa vie, qu'elle en soit éradiquée, comme une peste, bannie, oubliée ! Il lui dit le contraire, l'embrassant encore, et saisi, alors qu'il regardait une dernière fois l'obscurité pleine de lumières, d'un tel appétit de lui-même, d'un tel désir, vivace, obstiné, de vivre enfin, et seul, de revenir à lui-même, qu'il lui sembla avoir gagné l'éternité, et qu'Esther, qui était la dernière chose périssable à quoi il fût attaché, désormais et définitivement arrachée de lui, était comme un corps inerte qui gisait là, dans le bruissement et la moiteur de cette nuit d'été, comme une morte, envers laquelle il n'éprouvait pas de regrets.

Quand ils revinrent à Paris, après ce voyage en Italie, Jean-Jacques sentit combien l'impression qui s'était inscrite en lui ce soir-là était destinée à durer. C'était maintenant une évidence, l'une de ces multiples évidences qui composaient le tissu de sa vie, un élément parmi d'autres, circonscrit, mais irremplaçable, quelque chose contre quoi il ne pouvait plus rien, un vœu qu'il avait formulé et qui s'était réalisé, comme par magie. C'était l'effet d'un heureux sortilège dont il ne connaissait pas la cause, l'effet improbable, et cependant radical, entier, d'une transformation qui s'était opérée en lui-même à son insu, comme on guérit d'un mal, comme on oublie le passé, comme on finit par quitter le deuil, comme on se console de tout. Il avait changé ; Esther n'était plus le principe et le cœur de sa vie, son immuable réalité. Cette vérité le laissait désemparé. Il ne savait plus quoi faire de lui-même ; il était embarrassé de lui-même comme d'un étranger indésirable, d'un vieux camarade que l'on retrouve après des années d'absence, et qui a gardé d'irritants défauts de jeunesse, une forme d'arrogance, d'indiscrétion, qu'on avait oubliés – au total, un triste individu, qu'on avait paré de qualités imaginaires, et qui vous apparaît soudain dans sa banalité.

Jean-Jacques n'était plus encombré d'Esther, mais de lui-même. Avait-il gagné au change ? Il continuait, chaque soir et chaque dimanche, à faire ce parcours de la rue Saint-Florentin à la rue du Cherche-Midi qui lui avait jadis paru une route enchantée, comme une expédition dont il n'était pas sûr de revenir, où se jouait son existence, et aussi son âme et son intégrité – et chaque fois il en était revenu ébloui, empli d'une gratitude dont il ne savait que faire. C'était à présent quelque chose d'anodin, en rien une aventure, une habitude, simplement, où son corps avait sa part, et pas davantage. Il songea qu'il était toujours amoureux d'Esther, mais qu'à présent, enfin, il l'aimait comme il le fallait, qu'il était enfin devenu raisonnable. C'était ce qu'il se disait, chaque fois, tandis qu'il arrivait, en pleine nuit, l'ayant quittée, sur le pont du Carrousel balayé par le vent. Mais aucune de ces réflexions ne parvenait à épuiser l'insolite réalité, à rendre compte de la terrible solitude dans laquelle il se trouvait projeté d'un coup. C'était comme s'il avait démérité – « mais en quoi, mon Dieu ? », s'interrogeait-il, rentrant chez lui par ces nuits d'hiver dont il ne voyait plus la fin, qui l'emprisonnaient et l'étouffaient, en quoi avait-il démérité, en quoi avait-il mérité de perdre son amour pour Esther, d'être privé de ce tourment qui était comme l'origine et le centre embrasé de sa vie, que serait-il désormais, qu'allait-il devenir, sans cette douleur, sans le poids, sans la grande peine qu'Esther avait inscrite au milieu de sa vie ?

Il avait beau se dire qu'il avait enfin vieilli, que la passion n'a qu'un temps, que c'était une victoire que d'avoir fini par éprouver un sentiment mesuré, réfléchi, approprié, pour l'un de ses semblables, qu'il ne suffit pas de souffrir pour vivre, qu'il apprenait enfin à être heureux, que c'était un apprentissage nécessaire, rien, dans cette litanie, ne le rassurait. Comme il allait s'ennuyer à présent ! C'était comme si Esther l'avait quitté ; c'était pire encore, puisqu'il n'y avait même plus de souffrance pour le maintenir à la surface des choses, au niveau égal du monde. Il n'avait rien à faire avec lui-même. Il était debout devant le vide, et le vide le terrifiait.

Il continua de vivre cependant. Il prit l'étrange habitude d'agir en toute chose sans rien y mettre de lui-même, sans participer d'aucune façon aux sentiments ou aux inquiétudes ordinaires. Au bout de quelques semaines, il tirait d'ailleurs de cette habileté qui était devenue la sienne, de cette faculté qu'il avait de tenir sa partie dans une conversation, d'observer les visages indifférents de ses interlocuteurs en feignant la plus grande attention, de remplir les obligations quotidiennes de l'existence, de retrouver enfin chaque jour Esther, et de la traiter exactement comme il le faisait par le passé, avec le même mélange de considération et d'impatience, une certaine vanité.

Il n'aimait ni le désordre ni l'imprévu. Or il n'avait pas prévu ce qui lui arrivait, cette subite modification de lui-même, cette décrépitude insidieuse des fondations, ce séisme. Mais il ne se laisserait plus surprendre ; il avait patiemment édifié un rempart contre le désordre, et il était assez fier de son œuvre. Il avait, jour après jour, mis entre lui et le désordre cette somme énorme de convenances et de mots dont il usait avec la plus grande circonspection, qui tous se rapportaient à la figure d'Esther, avaient pour objet de la préserver, et tournaient autour d'elle, dans un mouvement régulier comme celui des astres.

Et Jean-Jacques se félicitait de cette grande qualité qu'avait Esther de ne ressentir aucune émotion, en tout cas de n'en laisser transparaître aucune. Lui qui en avait tant souffert s'en réjouissait à présent, comme d'un don du ciel :

il avait aimé une femme qui n'avait pas de sentiments ; cela facilitait les choses. Ils étaient à égalité à présent. Jean-Jacques était devenu le fidèle disciple d'Esther ; il lui témoignait une politesse et une attention dont il ne se départissait plus, déférent, obstiné dans cette déférence, magnanime, finalement, songeait-il avec fatuité. Il lui arrivait aussi de se dire, l'observant, tandis qu'elle marchait à côté de lui : « Comme nous sommes devenus cérémonieux ! », et il n'en concevait aucune amertume, simplement, une fois de plus, cette satisfaction de constater que la digue qu'il avait élevée contre la marée était solide.

« Tu ne m'aimes plus », lui dit-elle un jour, sans montrer non plus de regret. Ils rentraient chez elle en passant par les Tuileries recouvertes de givre. C'était la fin de l'après-midi ; la nuit s'amassait au-dessus d'eux. « Elle est moins sotte qu'il n'y paraît », pensa d'abord Jean-Jacques. Puis, comme il avait toujours été enclin à considérer Esther comme une créature bizarre et unique en son genre, douée d'une science qu'il ne posséderait jamais, il se félicita de ce que son analyse eût ainsi rejoint la sienne. C'était la preuve, cette formule simple et claire qu'elle avait employée, qu'il ne s'était pas trompé : il ne l'aimait plus, en effet, et cela ne tirait pas à conséquence. Il en était assuré désormais, grâce à cette aménité et à cette concision avec lesquelles Esther avait su si parfaitement résumer leur histoire. Quant à lui, mû par il ne savait quelle terreur superstitieuse, il avait pensé qu'une telle phrase ne devrait jamais être prononcée. Elle l'avait été cependant, et rien ne s'était produit.

Ils continuaient à marcher côte à côte dans le jardin désert, et rien n'indiquait qu'ils dussent un jour s'éloigner l'un de l'autre. Il en fut extraordinairement apaisé. Il n'imagina pas un instant qu'Esther pût attendre une réponse, un commentaire, encore moins une dénégation : il la connaissait trop bien ; il connaissait trop bien son impavidité de singe savant, son entêtement animal, sa sérénité qui n'était pas de ce monde. Mais comme c'était devenu chez lui une seconde nature que de se défendre, sans jamais céder, contre le flot noir qui montait tout autour de lui, il dit à Esther qu'il l'aimait, au contraire, plus que tout au monde, lui prit le bras pour l'aider à marcher dans l'allée où subsistaient quelques plaques de neige, sentit en elle un mouvement de confiance qu'il ne sut à quoi attribuer – mais peut-être était-ce simplement un mouvement de lassitude : c'était déjà le soir – et fut rassuré sur son propre sort.

A cette époque, Jean-Jacques revit Ferdinand, qui l'accueillit sans avoir l'air de s'être aperçu de son absence. Il revint rue du Val-de-Grâce, écouta les confidences d'Henrietta, qui avait pour lui beaucoup de considération et qui lui demandait, avec un air de vénération et de duplicité à la fois, de la conseiller dans ses lectures – ce dont il s'acquittait bien volontiers, flatté de l'intérêt qu'on lui portait, échafaudant vaguement l'idée de coucher avec Henrietta, observant à la dérobée ses cheveux bruns, et s'efforçant de trouver admirable l'amour qu'elle manifestait pour le petit Melchior.

Il avait, dans le salon de la rue du Val-de-Grâce, une place favorite et qu'on lui réservait, près de la fenêtre aux lourds rideaux de velours vert, qu'Henrietta, il s'en souvenait maintenant, laissait ouverte par les soirées de printemps ; il attendait que le printemps revienne, avec une vague impatience, augurant il ne savait quelle forme de réussite de cet air doux qui s'engouffrerait alors dans la pièce pleine de livres, tandis qu'il serait assis à côté d'Henrietta, que le soir tomberait peu à peu autour d'eux et qu'il suffirait, peut-être, de profiter d'un instant d'insouciance, et d'un peu d'indifférence de la part de Ferdinand, pour mener à bien une entreprise qui ne serait d'aucune conséquence mais qui pourrait – c'était ce qu'il se disait en observant le profil calme et stupide d'Henrietta – le remettre à flot, le réconcilier avec lui-même, définitivement le dissuader d'aimer plus que de raison, le convaincre enfin que la vie est plus simple qu'il n'y paraît. En attendant ce moment béni, il récitait à Henrietta des vers de Verlaine ou de Valery Larbaud, ce qui ajoutait à son prestige, lui parlait de politique et de littérature, s'émerveillait de sa patience, de temps à autre l'effleurait d'un geste, et se demandait si ce n'était pas là que résidait le plus grand plaisir.

Ainsi passaient les jours dans la vie de Jean-Jacques, un à un, uniformes, teintés d'un peu d'irritation – il ne savait pas contre qui –, mais à peine, faits surtout d'une sorte d'écœurement qui s'était incorporé à eux, qui les colorait de mauve et de gris, qui durait, inévitable et lisse. C'était un sentiment nouveau, un parmi d'autres, auquel Jean-Jacques avait la certitude qu'il s'habituerait. A moins que, assis dans le salon vert en face d'Henrietta, la regardant sans la voir et l'écoutant sans l'entendre, il ne fût tout à coup persuadé que c'était, ce grand désir de renoncement qu'il sentait monter en lui – et cette simple idée, que c'était en lui, et non pas autour de lui, que le flot noir venait battre contre les pierres, était un peu inquiétante, aussi ne s'y attardait-il pas –, que c'était simplement, cette fatigue, l'effet de l'hiver, du froid et de la blancheur du ciel : la succession des saisons avait toujours eu sur lui une grande influence.

9

« Pas question de s'éterniser chez moi, hein ! avait lancé Ferdinand d'une voix tonitruante, qui paraissait s'échapper par une stupéfiante erreur de la nature de son corps fluet, dès que ses invités avaient été réunis dans le salon. A minuit, je vous flanque tous dehors ! » Cette mise en garde avait heureusement laissé les convives de marbre. On avait l'habitude de ce que certains appelaient les simagrées de Ferdinand, et d'autres, plus indulgents, son caractère entier. « Tout de même, Ferdinand ! » avait dit Henrietta ; mais c'était pour la forme, et son intervention s'était perdue dans le brouhaha de la conversation.

Du reste, on n'était pas mécontent de ce que le maître de maison fût un autocrate : lorsqu'on se retrouvait, passé minuit, troupe un peu éméchée, et repue, sur le trottoir de la rue du Val-de-Grâce – Ferdinand mettait toujours sa menace à exécution –, il fallait bien convenir que le moment de se coucher était venu, que, si la soirée avait duré plus longtemps, on s'y serait ennuyé, qu'il n'y avait rien de pire que les dîners qui n'en finissaient pas, et que finalement ce sacré Ferdinand, avec ses manières de paysan, était un brave garçon.

Lorsqu'ils s'étaient installés dans la grande salle à manger que Ferdinand avait dépouillée de toutes fioritures comme il disait, de tout superflu – la seule fantaisie qu'il se fût permise, c'était un lustre de Venise vert et jaune, surchargé de pendeloques et de fleurs de verre dont les larges pétales s'épanouissaient au-dessus de la table, et qui inondait la pièce d'une lumière éclatante –, Cyrille avait pris place à la gauche d'Henrietta, et Arno à sa droite.

C'était bien, en effet, en l'honneur d'Arno qu'avait été donné ce dîner. Sa notoriété s'était alors répandue jusque dans des milieux très éloignés de son cercle d'origine. On parlait de lui sans l'avoir jamais vu. On appréciait chacun de ses articles, dont on soupesait les grands mérites et les petites imperfections. On en recommandait la lecture à ceux qui ne les connaissaient pas ; on se récriait, d'ailleurs, lorsque l'on apprenait que tel ou tel ne l'avait jamais lu. Il en avait, dans les dernières semaines, écrit trois ou quatre particulièrement bien tournés, dont on récitait des passages au profane. Enfin, Arno avait annoncé à ses amis qu'il terminait un livre, dont il ne voulait rien dire. On se perdait en conjectures, et l'on se réjouissait par avance : ce serait certainement, disait Ferdinand à qui voulait l'entendre, quelque chose de très spirituel. Et comme Mélanchon avait eu le malheur de demander pourquoi tout ce tintamarre à propos d'Arno, il avait été sévèrement rabroué. Ferdinand avait conclu de cette innocente question que Mélanchon appartenait à la triste confrérie des envieux. « Il ne faudrait pas, avait-il dit d'un ton de grande réprobation à Henrietta, qui l'écoutait immobile, que cette andouille s'imagine qu'il va encore longtemps venir faire le mariole ici, s'il ne se tient pas un peu mieux ! Mais qui lit ses traductions de l'ouzbek, nom de Dieu, qui les lit, veux-tu me le dire ? Ça se vend à trois exemplaires dans une librairie du cinquième arrondissement, avec des petits pains farcis et des vues coloriées d'Istanbul ! Il ne faudrait pas que Mélanchon se croie plus malin qu'il n'est, et qu'il nous casse inconsidérément les bonbons ! » – plus Ferdinand employait, dans le cadre conventionnel des discours et des livres ennuyeux qu'il écrivait pour un autre, un langage châtié, plus il se laissait aller, devant sa femme et ses plus chers amis, à une verdeur de vocabulaire où il pensait affirmer sa virilité, défaillante ces derniers temps, car il était accablé de travail, et la grande lucidité qui était la sienne sur les choses de ce monde : rien ne lui échappait des passions dérisoires des individus. Il affichait cependant, à l'égard d'Arno, une confiance totale. Il était bien sûr qu'il n'aurait pas de désillusion de ce côté-là : il savait reconnaître le talent où il se trouvait, et se montrait toujours soucieux que lui soit accordée la plus vaste place. Parfois, saisi d'une sorte de griserie, il lui arrivait même de confier à ses proches qu'il n'était certes pas très intelligent, mais qu'il savait s'entourer de gens qui l'étaient, et que c'était là sa principale qualité ; on se récriait ; on s'étonnait de son excessive modestie ; on la lui comptait comme la plus belle de ses vertus.

Ce soir-là, il avait donc accordé une attention particulière à ce qu'on allait servir, afin qu'Arno prît la juste mesure de la considération qu'il avait pour lui. Il avait choisi le vin avec soin. La table était mise depuis quatre heures, et Ferdinand avait veillé à ce qu'on utilise la nappe damassée et brodée de fils dorés qu'il tenait de l'une de ses tantes, une bonne femme, qui était morte l'an passé, au grand désespoir du vieux Melchior Gravier, dans une maison de retraite des environs d'Issoudun, où Ferdinand n'était pas allé la voir parce qu'il détestait la campagne et que, en outre, avait-il déclaré à certains de ses amis, ce spectacle le minait : « La mort, c'est terrible, convenait-il bien volontiers, mais la vieillesse, c'est pire ! », et il concluait cette apostrophe en suppliant qu'on voulût bien, lorsque le moment serait venu, l'achever, d'une façon ou d'une autre. « Tu seras juge du meilleur moyen qu'il conviendra d'employer », avait-il concédé un soir à Jean-Jacques, alors qu'il le raccompagnait chez lui. Jean-Jacques, saisi d'un sentiment d'antipathie à l'égard de Ferdinand, lui avait répondu qu'il ne faudrait pas compter sur lui dans cette circonstance, et qu'il revenait à chacun de se débrouiller avec son propre destin. Au même moment, il s'était demandé, à part lui, de quelle façon il ferait disparaître Ferdinand, si l'occasion lui en était donnée, et avait imaginé, avec une certaine délectation, que le meilleur moyen serait encore de l'étouffer sous un oreiller, comme le vieux Fouan, dans *La Terre* ; cette référence l'avait apaisé et rempli de sentiments plus amènes envers son interlocuteur. Ferdinand, morose, avait abandonné ce sujet de conversation, et n'en avait plus reparlé depuis. Mais il ne pouvait se défendre, lorsqu'on déployait sur la table de la salle à manger la belle nappe blanche brodée de fils dorés, d'une réminiscence tenace où se mêlaient les brouillards qui tombent sur Issoudun en hiver, le bruit régulier des trains qui passaient près de la maison de son père, et le visage momifié et stupide de sa tante – le tout fugace, et déplaisant.

Il avait aussi fait venir ce qu'il y avait de meilleur chez un commerçant italien dont la boutique était située près de la gare Montparnasse – et qu'il appelait son fournisseur, trouvant sans doute à cette expression un réconfortant parfum grand siècle –, dans ce quartier encore provincial et paisible où vivait une femme qu'il avait beaucoup aimée, quelques années après son mariage, Anna, qu'il avait rencontrée un soir dans l'un de ces dîners où il brillait sans effort, paraissant affairé et au fait de secrets qui intéressaient l'État, qu'il avait assidûment fréquentée sans préjuger où cela le mènerait, qui n'était pas très jolie, bien moins vivante et gaie qu'Henrietta, soucieuse au contraire, modeste et silencieuse, avec qui il avait couché quatre ou cinq fois, il ne se rappelait pas le chiffre exact, pas plus d'une dizaine de fois en tout cas, mais qui s'accommodait de sa compagnie, qui semblait même s'y plaire, qui le laissait rentrer avec elle, le soir, lorsqu'il venait la chercher carrefour de l'Odéon, où elle travaillait dans une librairie, à qui il avait dit qu'il l'aimait, il s'en souvenait, et c'était une souffrance encore, et une sensation d'étouffer, un soir, justement, sur le quai du métro, dans le fracas du train qui entrait dans la station : « Anna, faut-il que je vous aime ! » Elle n'avait rien dit, était restée immobile, quelque temps plus tard l'avait quitté, et personne n'avait jamais rien su de ce qu'avaient été à cette époque la détresse et l'exaltation de Ferdinand ; et de repasser par là, des années plus tard, par le boulevard Edgar-Quinet et la rue Delambre, ou par la rue de Rennes, qu'il leur arrivait de remonter à pied, quand il faisait beau, l'emplissait encore de tristesse, et de l'impression d'avoir tout perdu.

Enfin, il s'était assuré le concours de Jean-Jacques, qui était, disait-il volontiers, plein d'esprit : il ne se serait privé pour rien au monde d'un convive aussi brillant. Ce soir-là cependant, Jean-Jacques fut moins disert que de coutume, moins affable, et au total peu prévenant avec Marthe Mélanchon, qui était assise à côté de lui et que Ferdinand, pour sa part, trouvait charmante. « Elle a beaucoup d'entrain, tu ne trouves pas ? dit-il à Henrietta quand la soirée fut achevée. C'est dommage qu'elle ait fait une telle fin » – ce dernier mot désignant évidemment Mélanchon. L'enthousiasme avec lequel Marthe faisait part aux convives de ses opinions, l'âpreté avec laquelle elle défendit l'idée qu'on ne pouvait comparer le nazisme et le communisme – c'était alors le sujet de conversation le plus répandu dans les dîners que fréquentait Jean-Jacques –, sa beauté enfin, qui miroitait à la lumière du lustre de Venise, tout cela enchanta Ferdinand, qui pensa que la soirée était réussie. Arno lança deux ou trois idées qu'on n'avait pas encore entendues. Mélanchon se montra courtois, et en tout point d'accord avec sa femme. Les choses étaient au mieux.

Jean-Jacques quant à lui, écoutant les déclarations d'Arno et les professions de foi de Marthe, observant ces visages autour de lui, l'empreinte qu'y avaient laissée les passions, les signes indélébiles qu'y avaient déposés la colère, le dépit, l'emportement, ou tout simplement la fatigue et la tristesse de vieillir, contemplant ces masques qui ne changeraient plus, qui ne reviendraient plus à ce qu'ils avaient été – des visages d'enfants, pourtant, des visages gais, qu'on avait aimés, embrassés, chéris, et cette idée l'emplit tout à coup d'une forme de désespoir –, contemplant ces visages qui peu à peu s'étaient immergés dans le monde, y perdant toute vie et toute vivacité, se solidifiant dans la glace et les ténèbres du monde, où ils s'étaient enfoncés peu à peu, comme des noyés dans une mer polaire, qui s'étaient figés dans une somme d'habitudes, de réflexes, de préjugés, de sentiments qu'ils croyaient avoir inventés, eut l'impression qu'il était environné de spectres, et en conçut une sorte de terreur. Cette impression se modifia cependant, à mesure qu'il les entendait, qu'il prêtait une plus grande attention à leurs propos, qui étaient vifs, peu réfléchis, songea-t-il, dans lesquels ils étaient tout entiers, et qu'ils prononçaient avec un souci de convaincre, une insistance, une opiniâtreté qui lui semblèrent présenter quelque analogie avec les plus classiques manifestations de la démence. Écoutant Arno qui parlait de politique et expliquait pourquoi ce pays – « ce pays », disait-il, avec une emphase où l'on sentait percer de l'exaspération, mais de quoi (d'être tenu à l'écart des grandes décisions de l'État, de faire partie de ce peuple imbécile qui manifestait de coupables intentions de vote, ou encore de délivrer un discours d'une telle portée devant une assemblée aussi quelconque ?), nul n'aurait pu le dire –, qui ne voulait pas de l'Europe, allait à sa perte, écoutant Marthe qui répétait qu'elle n'élirait pas à la présidence de la République quelqu'un qui habitait le seizième arrondissement, et Mélanchon qui ponctuait chacune des interventions de sa femme d'un oui sonore, Jean-Jacques se plut à imaginer qu'il avait été invité, par le directeur de l'établissement désireux de lui présenter un échantillon remarquable de ses patients, à un dîner qui aurait rassemblé les pensionnaires les plus intelligents, les plus doués, les plus méritants, circonspects et pleins de bonne volonté, d'un asile d'aliénés : ceux qui prenaient régulièrement leur drogue et parvenaient à faire bonne figure, témoignant ainsi, à leur corps défendant – ou bien avec la légitime et secrète satisfaction de qui a fini par intérioriser ce qu'on appelle la culture de l'entreprise ? –, de l'excellence de l'établissement, où ils avaient d'ailleurs une chambre confortable, et de l'efficacité des soins qu'on y dispensait. A moins, pensa-t-il encore, que ce ne fussent pas des hommes qui avaient été rassemblés là autour de lui, mais des singes, une étrange espèce animale qui avait, par mimétisme et avec habileté, reproduit les comportements et les propos des hommes, qui donnait le change, mais qui n'avait rien d'humain ; des singes, ou des automates, de belles mécaniques dont le fonctionnement pouvait se réduire à quelques lois simples, formulables en clair langage mathématique, toutes les mêmes : c'étaient toujours les mêmes lois, mais chacun y mettait un peu de sa propre expression, un ton différent, une inflexion particulière, ce qui donnait l'illusion de l'individualité. « Ils mangent, ils se nourrissent, songea Jean-Jacques, ils se reproduisent, ils font chaque jour ces terribles actes d'allégeance à l'animalité, ils reconnaissent ainsi leur appartenance à la terre, et ils ne le savent pas, ils l'oublient aussitôt, ils agitent de grandes pensées, ils ont des idées sur la politique, sur les mœurs et sur le monde ! »

Il en eut la nausée. C'était un cauchemar dont il allait bien finir par se réveiller. L'arrogance de ces animaux avec lesquels on l'avait enfermé, cette bienheureuse ignorance dans laquelle ils étaient de leur condition et de leur imposture, l'effroyable vanité de leurs débats, comment se faisait-il donc qu'il ne les ait pas soupçonnés plus tôt, et qu'il se soit retrouvé là, impuissant, malheureux, comme si Dieu l'avait abandonné ? « Tous morts, ils seront tous morts, bientôt ! pensa-t-il enfin. Les uns après les autres, cela mettra le temps qu'il faudra, mais, au bout du compte, tous ! » Cette idée fut un soulagement. Il eut la force de se tourner vers Marthe et d'acquiescer à une chose qu'elle disait, qui lui parut, comme le reste, marquée du sceau de la plus grande inanité, mais il en ressentait d'un coup, songeant que dans quelques années, c'était certain, son énergique voisine ne serait plus de ce monde, moins de douleur.

Soucieux de complaire à Marthe, et peut-être aussi, qui sait, de déplaire à Mélanchon, Ferdinand entreprit à ce moment de faire le panégyrique de Paul Vesserman, qui malheureusement n'avait pas pu se libérer ce soir-là, parce qu'il était allé passer quelques jours à Berlin, où on lui avait demandé de prononcer une conférence, mais dont le dernier livre était en tout point admirable. Mélanchon, bienveillant, opina. Marthe renchérit. Esther, à son habitude, ne disait rien.

« La tâche que s'est assignée Paul, dit Ferdinand avec force, c'est de lutter contre les idées reçues. Évidemment, ce n'est pas facile, évidemment, cela ne lui attire pas que des amitiés (à ces mots, il toisa les convives d'un regard menaçant), mais je persiste, quant à moi, à applaudir à cette entreprise.

– C'est en effet un noble combat », dit Jean-Jacques.

Comme il n'élevait pas la voix pour parler, on l'écoutait assez peu. Cette fois encore, il n'y eut que Ferdinand pour prêter attention à ce qu'il disait – c'était une habitude de Ferdinand, que d'écouter, avec la plus grande vigilance, ce que disait Jean-Jacques, dont, estimait-il, il y avait toujours quelque chose à tirer.

« Tu n'es pas drôle, marmonna-t-il, se demandant pourquoi diable Jean-Jacques, cette grande intelligence, croyait encore qu'il faut aller à l'encontre de l'opinion la plus répandue pour avoir l'air malin, et pressentant, avec inquiétude, que cette interrogation, à laquelle il n'y avait pas de réponse, allait peser sur lui pendant tout le reste de la soirée, et peut-être une bonne partie de la nuit.

– Lutter contre les idées reçues ! Paul Vesserman ! s'exclama Arno dans un éclat de rire. Cette machine à débiter des poncifs !

– Le tout, insinua Mélanchon avec une grande douceur, c'est, comme disait Baudelaire, de créer des poncifs. C'est la marque du génie, n'est-ce pas ? C'est à cela que devrait se résumer notre controverse : Vesserman est-il capable de créer des poncifs ? »

Ferdinand ignora l'interruption, et s'apprêtait à poursuivre son éloge, mais il fut interrompu encore une fois par Arno qui criait :

« Paul Vesserman, c'est le M. Homais de l'histoire politique ! C'est Bouvard et Pécuchet à la fois ! C'est un monstre que cet homme-là, un spécimen tératologique, un *mirabilium* ! »

Cette dernière remarque amusa Esther. Elle se pencha vers son voisin, lui dit quelque chose que Jean-Jacques n'entendit pas, et continua de sourire, assise, droite et lumineuse, à côté d'Arno.

Jean-Jacques, qui la regardait à l'autre bout de la table, était d'un coup revenu à la vie ; il revenait d'entre les morts, et la douleur lui coupait le souffle. Il fit un effort pour n'en rien laisser paraître et, saisi par l'éclat des verres et des miroirs, l'odeur des fleurs, la chaleur et la joie qui habitaient la pièce, suffoquant, il songea tout à coup que c'était peut-être cela, simplement, la vie. « Mon Dieu, se dit-il, c'est peut-être cela, la vie. » Et ceux-là, qui l'entouraient, étaient des hommes. Il se réveillait enfin. Esther, qu'il n'aimait plus, venait de faire renaître en lui un mal qui n'avait pas de remède, il le sentait avec force, et une immense gratitude pour elle, qui l'avait sauvé du néant et ne le saurait jamais.

Arno, qui avait bien ri, concédait que Paul avait une certaine forme de talent. Il cita quelques-uns de ses aphorismes, pour prouver qu'il l'avait lu. Marthe en fit l'exégèse. Henrietta demanda qu'on apporte les desserts.

L'animation était à son comble ; Ferdinand exultait. Paul était décidément le grand homme de la soirée. Son esprit planait, impalpable et pesant, sur la salle à manger irisée. Son ombre obscurcissait la table couverte de fruits et de sorbets. Elle s'était glissée dans les moindres interstices de la pièce, il n'y avait plus de place pour une autre qu'elle. Tout sujet de conversation qui ne se serait pas rapporté à elle était trivial et proscrit. Elle s'était dilatée, avait envahi tout l'espace. Tous en étaient vivifiés.

10

Le dîner chez Ferdinand – c'était sous ce nom qu'il y faisait référence, lorsqu'il y songeait, quand il était seul et d'humeur méditative, comme à un événement singulier, un moment de l'histoire, qui ne se répéterait pas et n'avait pas son pareil – demeura pour Jean-Jacques auréolé d'une gloire particulière : de cette soirée bénie datait la renaissance de son amour. Il l'avait pourtant cru disparu, englouti, à jamais noyé sous l'embarras et la peur que lui inspirait Esther. Il avait cru s'en être défait, comme on se sépare d'un importun, en deux mots, au coin d'une rue traversée par le vent, comme on change de vêtements quand prend fin l'hiver, comme on abandonne, sur l'étagère d'une bibliothèque, un vieux livre qu'on a relu dix fois et dont on est désormais incapable de goûter la saveur.

Il l'avait vu resurgir cependant, splendide et rayonnant, raide, limpide, univoque, le bel amour qu'il éprouvait pour Esther, d'un coup, au milieu de la salle à manger orange et vert de Ferdinand, au milieu des éclats de rire et du tintement des verres, surgir inchangé, bien reconnaissable, immédiatement, si grand et familier que c'étaient un vertige et un délicieux apitoiement, une délicieuse compassion pour soi-même, que de se retrouver ainsi, à l'improviste, sans recours, confronté à lui, obligé de lui faire face, de le reconnaître, de lui rendre l'hommage qui lui était dû, de lui céder la place qui lui revenait de droit. Jean-Jacques eut l'impression qu'il rentrait chez lui après un long voyage, et beaucoup de désagréments. Il était retourné rue Saint-Florentin dans la douceur du soir. Tout désormais reprenait sens. Les voix et les couleurs, le ciel, la lumière, les bruits de la rue se trouvaient à nouveau dans leur état d'origine, cette placide matière faite de bleu et d'ors qui était la substance même de la vie de Jean-Jacques, emplie de l'amour d'Esther. Et Arno, le prévenant, extravagant et perfide Arno, était le bon génie qui avait permis cette transmutation, qui d'une formule cabalistique, d'un geste, avait rendu le monde à sa transparence première. Comme Jean-Jacques était riche désormais, apaisé, comblé de toute cette souffrance qu'il sentait, à une vitesse prodigieuse, s'accumuler à nouveau en lui, s'y solidifier, s'y établir, définitivement croître et prospérer !

Il s'interrogea sur la nature de cet amour : il était ordinairement méfiant, et l'excès de joie l'avait toujours porté à plus de méfiance encore. Il regretta qu'Esther n'ait pas su, par la seule grâce de ce qu'elle était, faire durer chez lui ce sentiment qui avait fini, quoi qu'il en eût, par s'épuiser, se tarir. Puis il songea que l'on n'est jaloux que de ce que l'on aime, que la jalousie était la merveilleuse et indestructible apparence qu'avait choisie, pour se réincarner, cet être impalpable, mystérieux, tout-puissant, cet être multiforme, changeant, inconstant et magnifique qu'était son amour pour Esther. Cette forme qu'il avait choisie, cette enveloppe, en valait bien une autre. Pourquoi Jean-Jacques aurait-il été déplorer ce que de mystérieuses lois commandaient seules ? Peut-être y avait-il d'ailleurs, dans cette métamorphose, dans cet élancement qui était comme un avant-goût de la fin, cette parfaite jouissance d'être seul, abandonné de tous, méconnu, mal aimé, une très exacte prescience de ce qu'il désirait plus que tout : il convenait volontiers (il en aurait même convenu avant d'avoir rencontré Esther et d'avoir éprouvé à son contact la vérité de ces axiomes) qu'un amour sans souffrance, sans jalousie, sans terreur, sans précarité, sans souci de tous les instants, était bien peu de chose. Il n'y avait, songeait-il, plein de bonne foi et émerveillé de cette science qu'il se découvrait soudain de lui-même, rien de pire que la gaieté, la tranquillité d'âme et le bonheur. Était-ce aimer Esther que de se plaire simplement en sa compagnie ? Mon Dieu, non ! Aimer Esther, c'était s'inquiéter d'elle, la vouloir, à chaque instant, tout à soi, et vouloir sa disparition totale, corps et biens, son engloutissement, sa descente aux enfers, plutôt que son absence, irrémédiable, intermittente, interminable.

Dès ce moment, il prit la décision de veiller à ce que ne soit jamais rompu entre eux le fil ténu de la jalousie, à ce que ne soit jamais épuisé ce poison amer, jamais étouffée cette plante grasse, vivace, pleine de ramifications et de sève, qui avait empli toute la serre chaude, encombrée et sombre, de ses sentiments pour ses semblables. Il se jura de l'entretenir au contraire, de se nourrir de ressentiment et de soupçon, de ne rien laisser au hasard, de ne se fier qu'à son infaillible prescience du malheur. C'est qu'il était conservateur, fidèle à lui-même, qu'il redoutait ce qu'il ne connaissait pas, et qu'il n'imaginait plus de pire malédiction que de cesser à nouveau d'aimer Esther, qui lui était une si chère habitude.

Il revint rue du Cherche-Midi, où elle habitait. Il y allait en fin d'après-midi, quand les rumeurs s'apaisent et que le ciel, au-dessus du Bon Marché, se voile et devient rose. Il traversait la rue de Sèvres, à ce curieux carrefour d'où l'on a, sur l'une des tours, vide et blanche, de Saint-Sulpice, une vue insolite, fugitive, italienne. Parfois, il allait s'asseoir un moment, avant de monter chez elle, dans le square Boucicaut, devant le manège, ou un peu plus loin, sous les arbres.

C'était désert, un fragment de ville au milieu des immeubles, un morceau de plaine balayé par les vents, un instant suspendu, un espace béant, entre le morne alignement de la rue de Babylone, les façades de la rue de Sèvres, la masse blanche du Bon Marché et celle de l'hôtel Lutétia, ses drapeaux claquant dans l'air vif. C'était calme et sans apprêt, un dernier répit avant de monter, par l'escalier large et plat, aux marches de bois, jusque chez Esther, qui lui ouvrait la porte sans rien dire, attendait qu'il fût entré, et lui demandait alors, d'un air emprunté, s'il ne voulait pas enlever son manteau.

Comment se faisait-il donc, se demandait-il chaque fois, que, des années après leur rencontre, et alors qu'ils se connaissaient si bien (mais se connaissaient-ils si bien, étaient-ils dupes de la comédie qu'ils se jouaient, avec le sûr instinct, le don de l'improvisation, la justesse de ton, la faculté d'adaptation des professionnels ?), comment se faisait-il qu'elle eût encore, en face de lui, l'air emprunté des débuts ? C'était même pire que cela : c'était un air qui ne ressemblait à rien de connu, que Jean-Jacques ne lui avait pas remarqué à l'origine, qui avait surgi entre eux sans qu'il pût exactement déterminer à quel moment, qui s'était immiscé entre eux comme un tiers, qui assistait, un peu en retrait, à la moindre de leurs conversations, qui était de tous leurs tête-à-tête, comme un enfant sage à qui l'on n'a pas le cœur de signifier son congé, parce qu'il ne fait pas de bruit et prend bien soin de ne pas déranger les adultes, un drôle d'air qui était devenu, au fil des mois, si habituel à Esther que Jean-Jacques ne s'en préoccupait plus. Parfois, il se prenait à vouloir l'interpréter, et concluait que c'était peut-être l'air de quelqu'un qui aimerait dire quelque chose, et que quelque chose d'autre en empêche ; mais cela encore était une explication simple et rassurante, et de ce fait négligeable. Aussi, au bout du compte, Jean-Jacques préférait-il se ranger à celle-là : Esther avait tout bonnement l'air de quelqu'un qui n'a rien à dire et voudrait donner le change, se composer une attitude, se donner une contenance, en somme, parer au plus pressé.

C'était exactement ce qu'évoquaient pour lui le visage imparfait d'Esther et le manifeste souci de bien faire qu'on y lisait à tout propos, le souci de se comporter en toutes circonstances comme il le fallait : Esther parait au plus pressé. Derrière cette évidence, qu'est-ce qui se cachait ? Qu'y avait-il, là derrière, qui n'était pas le plus pressé, qui était immobile au contraire, tapi là, immuable, quel flot noir, tout près, qui ne reculait jamais ? Jean-Jacques n'en savait rien. Il était incapable de le savoir, et n'en avait même pas le désir. C'est à peine s'il devinait l'existence de ce marécage, bruissant de mille rumeurs indéchiffrables ; le plus souvent, au contraire, il s'en éloignait, sans en avoir pressenti la profondeur ni l'étendue, se faisant plutôt le reproche de parer Esther d'une poésie dont elle était dépourvue, d'un mystère, de couleurs, de maux qui étaient bien trop grands et trop lourds pour elle, qu'elle n'aurait jamais eu la force de porter, petite Esther, sans courage, sans histoire, sans âme, qui ouvrait la porte, se tenait un instant en retrait, et lui demandait s'il ne voulait pas enlever son manteau, tandis que par la fenêtre ouverte, en même temps que la vive lumière du soleil, entrait d'un coup dans l'appartement le chant des oiseaux.

C'est à cette époque que fut publié le livre d'Arno. Ses amis le lurent avec curiosité. Ce sentiment, plein de bienveillance, se mua rapidement en effroi, puis en une forme de stupeur, qui ressemblait à de la consternation. C'était, disait Arno, un livre où il avait mis le meilleur de lui-même. Il estimait que sa vie, qui s'était déroulée sans heurts, une belle vie facile, concédait-il avec son rire sonore, depuis son enfance, rue du Général-Foy, depuis le manège et les arbres du parc Monceau, le lac où passaient des cygnes, le portique et le petit pont aux marches de pierre, la rotonde nimbée de lumière les soirs d'été, au-delà l'immensité du boulevard de Courcelles, puis ses années de pensionnat dans un collège de jésuites (il avait demandé lui-même à ses parents, qui étaient vieux, aimables et pleins de déférence envers lui, d'y entrer, car il se sentait, aux alentours de sa quinzième année, trop enclin à jouir simplement de l'existence, et il entendait qu'on lui inculquât quelques règles de discipline et de savoir-vivre), que tout cela avait valu d'être vécu, et valait maintenant d'être raconté. C'était un merveilleux trésor dont il n'aurait pas l'avarice de vouloir profiter seul : il était par nature prompt à partager, veillant au bien-être de son entourage, convaincu que certaines existences, plus pleines que d'autres, peuvent profiter à la multitude. Il voulait, disait-il encore, donner une leçon d'insouciance. Il voulait apprendre à tous par quoi il avait passé : par quelle étrange succession de plaisirs et d'exaltations, par quelle fluide réussite, qui avait coulé avec lui, tout autour de lui, qui l'avait emporté, par ce fleuve sans précipitation, sans remous, où rien n'affleurait, où ne transparaissait rien d'autre que la tranquille clarté de l'eau, par quel appétit du succès, qui ne s'était jamais démenti et n'avait jamais été déçu.

Il avait donc écrit ses mémoires, une sorte de compte-rendu, précis, tatillon, rempli de scrupules, du souci d'être juste, véridique, de ses certitudes et de ses états d'âme : l'histoire de ses émotions en somme, comme il le disait, depuis son plus jeune âge jusqu'à cette maturité à laquelle il estimait être parvenu. Il était passé de la rive droite à la rive gauche, de la rue du Général-Foy à la rue Vaneau, il avait hérité d'une partie de la fortune de son père, d'une maison à Florence, d'une autre dans le Berry, où il y avait des étangs, une forêt dans laquelle il chassait, un parc aux allées bien ratissées où il avait fait mettre des statues. Il avait considérablement accru le cercle de ses connaissances. On le reconnaissait dans certains restaurants, où il parlait fort et s'échauffait, quand il avait beaucoup bu, dans ses costumes de tweed que coupait pour lui un tailleur anglais établi près de la gare Saint-Lazare. Il comptait quelques amis, mais pas trop : il disait qu'il ne fallait pas avoir trop d'amis, c'était une question de santé, d'hygiène en quelque sorte, et aussi que c'était un signe de faiblesse que d'être trop entouré – « Je me suffis à moi-même », déclarait-il volontiers, superbe. Il professait d'ailleurs une certaine défiance à l'égard des attachements humains, se méfiant des hommes en général, disait-il, et des femmes encore plus que des hommes. Des femmes, il en avait eu trois ; il s'en flattait. Il avait eu pour chacune beaucoup d'égards. Il n'y avait pas plus courtois, plus respectueux et accommodant que lui avec les femmes. On le citait en exemple. Il ne donnait jamais l'impression de l'effort ou de la contrainte ; il savait ce qu'il convenait de dire ou de faire, en toute occasion.

Il avait formé avec Esther un couple singulier : ils donnaient avant tout l'impression d'être bons amis, et c'était sans doute ce qu'ils étaient, puisque c'était encore auprès d'elle qu'il venait s'épancher lorsqu'il lui prenait un soudain désir de confidence. Ce qu'il prisait, disait-il, par-dessus tout chez Esther, c'était son peu de loquacité ; non pas qu'il tînt à la confidentialité, au contraire, mais pour ce qui était de parler de lui-même, il ne faisait confiance à personne, persuadé que le sujet requérait une verve hors du commun : il ne voulait pas qu'on le galvaude, et savait qu'Esther ne commettrait pas cet impair. Elle l'écoutait et ne manifestait aucun sentiment. Elle était donc pour Arno, entièrement préoccupé de lui-même, aux aguets, à l'affût de ses propres pensées, du moindre bon mot qu'il pourrait trouver, de ses plus infimes mouvements d'humeur, un interlocuteur de grand prix. Pour rien au monde il n'aurait renoncé à sa compagnie.

Aussi, lorsqu'il était désœuvré, venait-il rue du Cherche-Midi, où il pouvait passer des heures entières sans s'apercevoir que le temps avait passé, et où Jean-Jacques le rencontrait, dans l'escalier, à moins que ce ne fût dans le vestibule, ou bien installé au fond de l'appartement. En arrivant, il voyait son manteau jeté sur l'une des chaises recouvertes de velours rouge, aux pieds dorés, et entrant dans le salon l'y trouvait assis, tranquille, jovial, son gros cigare fiché dans son visage rond, ses cheveux bruns en bataille, tout au plaisir d'être lui-même et d'être là, avenant et cordial, s'écriant : « Mais voilà ce brave Jean-Jacques ! », puis regardant sa montre et jetant un coup d'œil au-dehors : « Sept heures, déjà ! C'est vrai que c'est l'heure de Jean-Jacques, je lui laisse la place », et disparaissant, bon gros génie qu'il était, un peu empêtré de lui-même, se cognant aux meubles, annonçant une prochaine visite, et laissant derrière lui, une fois la porte refermée, l'odeur de son cigare et l'écho de son rire. Et c'était, chaque fois, pour Jean-Jacques, le même délicieux coup au cœur, la même terreur d'être abandonné, la même sensation de la mort.

Le livre publié, on en parla. Tous s'accordaient à le trouver mauvais. Ferdinand fut le premier à s'en désoler. Il disait que c'était une chose curieuse que ce livre, qu'il fallait en conclure que les plus grands esprits peuvent s'égarer, que c'était pour tous une leçon d'humilité. Mais bientôt, comme il avait un caractère énergique, il reprit le dessus. Il prit l'habitude de se récrier, quand on voulait savoir ce qu'il pensait de l'ouvrage : « Ah, n'en parlons plus ! Le sujet est clos ! » Cette abrupte esquive s'étant révélée, au bout d'un moment, inefficace, la plupart de ses interlocuteurs insistant sans vergogne, il finit par adopter un autre parti, qui fut celui de la simple louange : « C'est un très bon livre, disait-il, le regard fixe, calme et déterminé. C'est absolument remarquable. » Il se flattait d'avoir estimé Arno au temps de sa plus grande gloire, et de ne pas lui marchander cette estime, maintenant qu'il avait failli. La situation devint cependant plus épineuse lorsqu'il devint évident qu'Arno tenait à ce qu'on lui dît ce qu'on pensait de l'ouvrage, c'est-à-dire à ce qu'on le louât comme il se devait, en y mettant les formes, et beaucoup de zèle. C'était une confirmation qu'il recherchait, la confirmation de ce pressentiment qu'il avait : son livre était un chef-d'œuvre, et sa publication un événement.

Quand il était seul, le soir, enfermé dans sa chambre, il le prenait avec lui, s'asseyait dans le salon vide, s'accordait un instant de répit, les yeux au plafond, distrait, repu, saisi d'une calme joie, puis le maniait avec précaution, enfin l'ouvrait au hasard, tombait sur une page qu'il relisait entièrement, avant de passer à la suivante, et aux autres, interminablement, recueilli, attentif, retenant son souffle, s'émerveillant en silence de ce prodige, qu'il avait tellement appelé de ses vœux et qui à présent – c'était la dernière en date de ces miraculeuses interventions du destin en sa faveur dont il avait fini par prendre l'habitude, au point de ne plus s'en enorgueillir –, tout simplement, s'était réalisé : il avait écrit un grand livre. Il allait se coucher et l'emportait avec lui. Au matin, il le contemplait encore, sa couverture blanche, la sobre élégance du titre, l'épaisseur des pages. Sa fierté n'avait pas de limites.

A ce moment, il y eut, dans les rangs de ses amis, un instant d'affolement. « Ah ! Il veut savoir ce que j'en pense ! Eh bien, c'est mauvais, c'est tout simplement mauvais, s'exclamait l'un, et je vais le lui dire ! » ; d'autres se réjouissaient ; d'autres encore affectaient le dépit, ou la tristesse. Jean-Jacques quant à lui redouta un instant que la criante vanité du tout ne dessillât les yeux d'Esther, n'anéantît d'un coup ses illusions, ne lui fît paraître, soudain, Arno tel qu'il était, un triste et fat illusionniste, un monsieur d'âge mûr, rouge, empâté, éloquent et médiocre, et qu'elle ne revînt à lui dans un élan dont il n'aurait su que faire, qu'elle ne lui fût rendue, totalement, avec en elle ce poids d'innocence et de gratitude dont il ne voulait plus partager le fardeau. Mais ces craintes n'étaient pas fondées : Esther eut l'air de trouver tout à fait à son goût le livre d'Arno, qu'elle lut d'un bout à l'autre, sans un sourire, et dont ils ne parlèrent pas.

Enfin, comme personne ne prenait le parti d'avoir avec l'auteur une discussion véridique, et qu'il se morfondait, au bout de quelques semaines Ferdinand se dévoua : « C'est très beau, ce que tu as écrit », dit-il à Arno, à qui il était venu rendre une visite, un soir, rue Vaneau, et qui avait ouvert pour lui une bouteille de cognac. Ils en burent plusieurs verres, tandis que la nuit peu à peu, précédée d'ombres violettes, envahissait l'appartement. « Ce livre, c'est quelque chose de tout à fait exceptionnel », ajouta-t-il sobrement au moment de s'en aller.

De ce jour, Arno dit à qui voulait l'entendre qu'il vouait à Ferdinand une indéfectible amitié.

11

A quelque temps de là, Ferdinand fut saisi d'une humeur morose qu'on ne sut d'abord, autour de lui, à quoi attribuer. C'était peut-être qu'il s'ennuyait avec Henrietta, et qu'on ne peut impunément faire fi de ses désirs, supposa Jean-Jacques ; mais cette tentative d'interprétation ne trouva pas d'écho auprès de ses interlocuteurs. On se demanda si Ferdinand n'était pas malade, si la somme énorme de travail qu'il avait fournie depuis plusieurs années n'avait pas fini par ruiner sa santé, qu'on présumait fragile, eu égard à l'étroitesse de sa silhouette, à l'embarras de sa démarche, à l'expression d'effort, et aussi de malheur, qui ne disparaissait jamais tout à fait de sa physionomie, au tremblement de ses mains, au peu de soin qu'il prenait, en général, de sa personne, à la difformité du tout. Cette hypothèse, cependant, ne se vérifia pas davantage : le teint cireux de Ferdinand ne tourna pas au verdâtre, comme l'avait prédit Arno, sa respiration ne se fit pas plus courte, il continua à s'alimenter et ne perdit pas le sommeil. Enfin, le vieux Melchior Gravier, pour autant que l'on pût le savoir, se portait comme un charme dans la petite maison d'Issoudun ; il n'y avait rien à redouter de ce côté-là : la vieillesse le rendait au contraire, semblait-il, plus méchant et vigoureux qu'il ne l'avait jamais été.

Il devenait pourtant, au fil des jours, évident qu'il y avait, dans l'existence de Ferdinand, comme un deuil secret, dont il ne parvenait pas à guérir. Il n'en guérit pas en effet. Il crut même, car il était à cette époque au comble de l'amertume, que l'affaire était mortelle, et qu'elle finirait par avoir raison de cette existence dépourvue, comme il disait, de tout contenu. On apprit au bout d'un moment qu'il avait été congédié – c'était le mot qu'il employait. Arno, qui paraissait désolé de ce coup de théâtre, disait que, tout bien pesé, ce dénouement n'était pas étonnant, que c'était même, du point de vue de la dramaturgie, assez beau et bien amené : cette ascension vertigineuse et cette chute, commentait-il, cette carrière à la Rastignac qui se terminait comme celle de Lucien de Rubempré. Et peut-être avait-il à l'esprit, tout en dévidant le fil chatoyant de ces comparaisons romanesques, l'image d'une fin honteuse qui aurait attendu Ferdinand, un gouffre de dettes, des malversations en tout genre, des faux, qui sait, quelque terrible compromission politique : on sentait que rien ne l'aurait surpris, parce qu'il était connaisseur de l'âme humaine, et particulièrement, à ce qu'il semblait – c'était du moins ce qu'il laissait entendre –, de celle de Ferdinand.

Les spéculations d'Arno n'expliquaient cependant pas tout. On se perdit en conjectures. On ne savait quel motif avancer à cette soudaine disgrâce. Ferdinand paraissait promis à un brillant avenir. Il disait souvent que son patron – il ne voyait dans ce mot délicieusement archaïque aucun arrière-plan de misère et de conflit social, de cheminées d'usine, de cités ouvrières et d'odieux paternalisme, mais une belle image républicaine et romaine au contraire, une scène de genre colorée, toute une fresque de scandales, de concussions, de clientélisme et de rares exemples de vertu, qui le transportait –, que son patron, donc, qui demeurait pour ses amis et pour Henrietta elle-même une figure omnipotente et redoutable, car Ferdinand, quelque effort qu'il fît pour évoquer avec sérénité ce démiurge, ne pouvait en parler sans une sorte de tremblement sacré qu'Arno comparait à la révérence du païen devant son idole, avait en lui une confiance sans bornes.

Mais, à vrai dire, la physionomie de Ferdinand, tandis qu'il rapportait, sans l'amplifier car il était modeste, cette haute opinion qu'on s'était faite de lui-même, avait toujours manifesté quelque chose d'indéchiffrable et d'inquiétant, comme si ce portrait, que l'on traçait de lui, lui avait déplu, comme si l'on avait eu tort de placer en lui tant de confiance : il paraissait bien décidé, le moment venu, à en faire le plus mauvais usage ; il n'était pas dupe, laissait-il entendre, de ces rapports de force et d'intérêt qui s'établissent entre les hommes, on ne l'aurait pas si facilement, avec quelques louanges et quelques récompenses – il n'était pas de ce bois-là, dont on fait les pantins. Et, à cette idée, l'expression d'effort et de malheur imprimée sur son visage s'y imprimait plus fortement encore, s'y gravait, au plus profond ; il s'abîmait alors dans des rêveries dont il ne disait rien, et qui paraissaient difficiles à pénétrer, opaques, extravagantes, formant un redoutable système, un espace clos où il s'enfermait chaque soir, assis devant la grande table surchargée d'ors qui lui servait de bureau, tandis que la petite pendule Empire qu'on avait placée sur la cheminée, rutilante (une allégorie de la Justice montée sur un char), égrenait les demi-heures, avec un tintement aigre, inexorable et pur – c'était chaque fois comme un coup porté dans le cœur malade de Ferdinand.

L'affection dont il souffrait avait un nom : c'était d'orgueil, d'une attention pointilleuse, extravagante, à lui-même, qu'il était malade, un orgueil dévorant, qui n'avait laissé de son âme aucune parcelle intacte, qui avait, à l'intérieur, tout rongé, pièce par pièce, rouage par rouage de cette mécanique en bon état de marche qu'était à l'origine l'esprit de Ferdinand, qui avait tout laissé en place, mais secrètement rouillé, jusqu'à l'effritement, les moindres parties de l'édifice, les avait corrodées comme un acide, en avait abrasé des pans entiers, qui tenaient encore debout, on ne savait par quel miracle, mais faisaient de moins en moins illusion, noircis qu'ils étaient, troués par plaques, ailleurs devenus, à force d'usure, aussi fins qu'une pellicule de pierre, partout en grand danger de s'effondrer. Ainsi, la courtoisie de Ferdinand, ou ce qui jusque-là lui en avait tenu lieu, la politesse qui maintient les individus à distance et leur permet de se mouvoir dans ce clair-obscur où ils jouissent d'une existence toute superficielle qui est la condition d'un bon voisinage, les précautions oratoires que l'on prend lorsqu'on s'adresse à eux, le vague et factice souci que l'on a de leur vie et de ses aléas, enfin les artifices de la rhétorique, le degré minimal de ruse et de bienveillance nécessaire à l'échange des points de vue, tout cela ne subsistait plus, dans le caractère et le comportement de Ferdinand, qu'à l'état de grandes ruines, de grands morceaux de muraille qui ne protégeaient et n'entouraient plus rien.

Il y avait pourtant eu une époque où Ferdinand s'était montré persuadé qu'il ne faut rien demander de plus aux individus que de se mouvoir, précisément, sans faire trop de bruit, et sans provoquer de désordre, à l'extrémité, à la limite, juste au bord, de l'autre côté du monde que l'on habite, où ils ne pénétreront jamais, où ils n'auront jamais le loisir de venir déposer, comme un voyageur qui débarque sur une terre inconnue et déploie ses trésors de pacotille, leurs sentiments encombrants, leurs idées insolites, tout le fardeau de leurs préjugés, de leurs convictions et de leurs habitudes, une époque où il aurait volontiers affirmé qu'on pouvait leur être reconnaissant de savoir se tenir ainsi à l'écart, se contenter de cette petite place qu'il leur faisait dans la pénombre des confins. Mais cette époque était révolue, sans qu'il y eût à cela de raison apparente. Ferdinand était à présent comme un grand blessé qu'on aurait amputé, qui ne pourrait plus se servir de ses membres, et la gangrène continuait à gagner : il était immobile, inutile, incongru, au milieu de ses semblables qui ne reconnaissaient plus en lui rien qui leur fût propre ; il subsistait cependant, il survivait au milieu d'eux, avec cette obstination et ce grand désarroi des mourants, métamorphosé, inerte, affreux.

De quand, précisément, datait la métamorphose, c'était ce qu'il était difficile de préciser. Peu à peu, sans doute, Ferdinand avait dépouillé les us et coutumes des hommes – ce qu'il appelait à présent leur formidable hypocrisie. Mais qu'il y ait eu, à cette évolution, une cause unique n'était pas sûr ; qu'il y ait eu un moment à partir duquel, soudain, Ferdinand aurait commencé à se défaire, méthodiquement, de ce qu'on pourrait appeler les convenances n'était pas sûr non plus. Ferdinand s'était toujours méfié du monde. Il en était sorti à présent ; il en avait oublié le langage. Il voyait, de loin, des êtres qu'il avait connus lui adresser, de moins en moins souvent il est vrai, et de façon de moins en moins distincte, des signes qu'il ne parvenait plus à comprendre. Il était entré dans le chaos.

Autour de lui, les bruits familiers de la grande maison dans laquelle il travaillait étaient restés les mêmes. Personne ne s'était aperçu encore de l'inexorable pourrissement dont il était la proie. Les heures tintaient, les unes après les autres, dans le bureau rond qu'on avait aménagé pour lui, au rez-de-chaussée, et dont les fenêtres donnaient sur un jardin. Il observait toujours avec la même émotion, derrière les vitres, le tremblement des feuilles, ouvrait et refermait ses dossiers, prêtait peu d'attention à ce qu'il faisait, songeait – et c'était une douleur – qu'il n'était pas à sa place, qu'on méconnaissait ses mérites, que ses capacités lui auraient valu, dans un univers où la hiérarchie des choses et des raisons eût été respecté, d'autres fonctions que celles-ci, s'irritait de rencontrer, partout, de la résistance, une résistance qu'il jugeait sourde, organisée, terrible. Il imaginait des pièges qu'on lui aurait tendus et échafaudait, tandis que le balancier de la pendule allait et venait et que le vent agitait les arbres du jardin, le moyen de les déjouer. Il y avait toujours un moyen ; la difficulté résidait dans ce qu'on ne lui laisserait pas, il en était sûr, le loisir de le mettre en œuvre.

Il sortait de son bureau rouge et échevelé, et allait respirer l'air du dehors. Il était véritablement, à l'issue de ces réflexions solitaires, hors de lui. La simple énumération des torts qu'on lui avait faits lui faisait aussi mal que des coups qu'il aurait reçus. Il rentrait chez lui et, la nuit, ne dormait pas : il se remémorait les moindres péripéties de la journée qui venait de passer, et les indications que l'adversaire lui avait livrées malgré lui. Il récapitulait les moindres conversations, les moindres réponses qu'on lui avait faites, et déchiffrait dans chacune un sens caché dont la découverte lui procurait d'inépuisables délices : il était, devant cette trouvaille, cet aveu qui s'était dissimulé derrière les mots et qui d'un coup surgissait, étincelant, dans l'obscurité de la chambre, comme une pierre précieuse sortie de sa gangue, fasciné. Pour rien au monde il n'aurait renoncé à ces bienheureuses insomnies où il jouait, à son seul usage, le rôle d'un grand prêtre au milieu d'une foule d'ignorants : s'il avait dormi, toute cette délectable science dont il était le dépositaire aurait été perdue.

Fort de cette connaissance qu'il avait patiemment acquise au fil des nuits, il ne fut plus le même pendant le jour. Il perdit toute mesure. Il ne toléra plus la contradiction, qui était un affront. Il ne fut plus question de le prendre en défaut dans l'un de ses raisonnements, ni de négliger son conseil, qui était, songeait-il, le plus avisé qui fût : si on l'écartait, ce ne pouvait être que pour d'inavouables motifs qui visaient à son anéantissement. Cet anéantissement était proche, du reste, il était fatal. Ferdinand en avait acquis une claire conscience, et tirait de cette certitude une plus grande force. Il n'y avait, à cet égard, pas de pire présage que l'assentiment, même silencieux, qu'on pouvait parfois, encore, lui témoigner : avait-il besoin de l'assentiment des autres ? C'était – et la manœuvre était grossière – ni plus ni moins qu'une manière de tromper sa vigilance, de capter sa bienveillance pour mieux se débarrasser de lui. Et qu'on pût le croire assez simple pour tomber dans ce piège, c'était une rebuffade de plus, qu'il essuyait en silence. Les journées de Ferdinand n'étaient plus rien d'autre qu'une succession d'affronts et de compensations dont il tenait chaque nuit le compte exact, dans sa subtile balance de peseur d'or, soupesant chaque pièce, défiant, scrupuleux, honnête, acharné à ce partage à quoi se résumait désormais sa vie.

Rapidement, il passa pour fou. Certains, charitables, avaient cherché à l'avertir qu'il s'était forgé de lui-même une idée inadéquate, encombrante pour son entourage – une idée envahissante qui ne laissait de place et de loisir, autour d'elle, pour nulle autre ; or il convient, lorsque l'on vit en société, de faire un peu de place aux grandes ombres des autres, à ces grandes ombres portées qui précèdent les individus, les définissent tout entiers, noires et effilées, au-delà desquelles on ne s'aventure jamais ; il convient même, lui dit-on alors, de faire une place aux plus petites, celles qui sont si claires et légères qu'on pourrait les confondre avec le mouvement d'un feuillage, qui n'existent qu'à peine, et respirent cependant, un peu, d'un souffle ténu qu'on n'entend presque pas. Ferdinand ne voulut pas écouter ces avis. Il pensa que, du moment qu'on se permettait de les lui donner, tout était consommé : sa perte n'était plus qu'une question de semaines.

Elle se produisit moins vite qu'il ne l'avait escompté. Il eut tout le temps de la voir venir, d'en prévoir l'imminence, d'en guetter les signes avant-coureurs sur les visages qui l'entouraient, d'en imaginer, avec terreur et jubilation, le déroulement. Lui seul, songeait-il, immobile en face de la petite pendule qui égrenait les heures, savait à quel degré de désespoir il était réduit – tandis qu'on le taxait de présomption et d'inconséquence ! –, et à quel point il avait peu d'estime pour lui-même. Lorsque le soir était tout à fait tombé sur son bureau, dans lequel il s'attardait, avec une nostalgie où il se complaisait déjà, ayant accompli à merveille les tâches qu'on lui confiait, toutes, sans même y prêter d'attention, entièrement absorbé dans sa rêverie et ses calculs, il rangeait un à un ses papiers, cherchait une dernière occasion de rester là, et se retrouvait enfin dehors comme un amoureux éconduit. Comme il était peu aimé ! Comme il était méconnu !

L'extraordinaire ignorance dans laquelle se tenaient ses semblables de son caractère, de ses vertus, et du grand malheur dont il souffrait, lui était chaque jour davantage une source de joie et de colère. Il n'y avait pas pour lui de consolation. Il rentrait rue du Val-de-Grâce comme un grand malade qu'on ne pourra pas sauver, et à qui on vient de l'apprendre. C'était bien chaque soir comme s'il venait de l'apprendre : la vie était pleine de promesses, ronde et joyeuse, et loin de lui, hors de portée désormais.

Le patron de Ferdinand, qui était un brave homme, s'accommoda longtemps de cet état de choses. Il était gros, gauche, habillé, disait Arno, que le personnage remplissait d'aise, comme un paysan du Limousin qui se rend à la foire, un peu trivial dans ses propos, colérique, versatile et prudent. Il avait un visage ingrat, défiguré par une sorte de tumeur qui s'y était développée, protubérante et lisse : elle avait recouvert et dévoré l'une de ses joues ; c'était comme un second visage, sans expression, sans rides, qui était venu maladroitement se superposer au premier et lui faisait ombrage. Il paraissait, cependant, se préoccuper de sa laideur comme d'une guigne ; rien n'entamait sa faconde, sa curiosité, son intérêt pour les choses et les gens les plus divers. Il était enthousiaste, et se déprenait des individus aussi vite qu'il s'en était entiché, sans qu'on pût déterminer, dans un cas ou dans l'autre, à quel motif secret il avait obéi en élevant celui-ci au pinacle et en l'en précipitant quelques mois plus tard. « La roche tarpéienne est proche du Capitole ! » aimait-il dire avec son rire naïf, visiblement heureux d'avoir trouvé dans la sagesse des nations une explication à des mouvements d'humeur dont il ne connaissait peut-être pas lui-même la cause. Il était peu porté à l'introspection et ne se souciait pas davantage des états d'âme de ceux qui l'entouraient ; il manifestait même une grande habileté, acquise au fil des années, pour s'en préserver, les ignorer, les réduire à néant à coups d'amabilité et d'indifférence.

Étant donné cet écœurement des gens qui ne manquait pas de le saisir quand il les avait beaucoup employés à satisfaire tel ou tel de ses caprices ou de ses ambitions – de ses manies aussi –, il était, à tout prendre, remarquable que Ferdinand ait pu passer tant d'années auprès de lui sans connaître de disgrâce. C'est qu'il lui trouvait beaucoup de qualités, et qu'il avait compris tout le profit qu'il pourrait retirer de son intelligence. Il avait perçu, parce qu'il avait l'habitude, ayant un peu de pouvoir, de susciter autour de lui ce genre d'attachement entier et plein de rancœur, la grande passion qu'éprouvait pour lui Ferdinand. Il savait que cette passion était faite d'envie, de condescendance, de désir de lui nuire, et d'un immense dévouement ; il savait qu'elle était âpre, aveugle, jalouse, et il s'y était accoutumé.

Tout de même, le jour qu'avait prévu Ferdinand arriva

enfin. Il avait fini par véritablement inquiéter son entourage. Il ne faisait plus l'affaire, lui dit-on, on n'allait pas s'embarrasser de discours, il fallait, c'était tout simple, envisager son départ. Cela lui fut signifié sans bonhomie, sans s'embarrasser des formes, comme il l'avait imaginé. A vrai dire, c'était pire que ce qu'il avait imaginé, mais à quoi servait à présent de s'en faire la réflexion ? Il rentra dans son bureau, où tout était en place. Il fit le compte de ce qu'il avait perdu : c'était incommensurable. Il eut l'impression que le souffle allait lui manquer s'il ne disparaissait pas, dans l'instant, de cet univers harmonieux et simple dans lequel il avait vécu. Il n'avait plus que cette pensée, se retrouver au-dehors, comme un homme tombé à la mer ne pense plus qu'à remonter à la surface de l'eau, à crever la pellicule grise et froide derrière laquelle brille encore le soleil. Il avait l'air si sombre, en traversant la cour pavée aux murs recouverts de lierre et de lilas, et en passant devant la petite loge du concierge qui lavait le sol à grande eau et s'interrompit un instant, son seau à la main, pour le laisser sortir, si sombre et résolu, que le bruit courut aussitôt, d'un bout à l'autre du ministère – et c'était une délicieuse émotion, une bulle irisée qui flottait à la surface des conversations, quelque chose de joli, de translucide, de léger, qui leur donnait plus de gaieté et de sonorité que de coutume –, qu'on apprendrait bientôt une triste nouvelle : Ferdinand, c'était sûr, allait mettre fin à ses jours.

12

Paul Vesserman avait une vie remplie de préoccupations de toutes sortes. Il se levait tôt, parce qu'il n'y a, disait-il, rien de pire que l'empâtement, la dégénérescence du corps, si ce n'est celle de l'esprit. Il s'employait donc à entretenir dans tout son être une éternelle jeunesse, au moyen de toute une série de règles arbitraires qu'il s'était fixées, comme précisément celle de se lever tôt, ou encore celle de ne fumer chaque jour qu'un cigare, de ne boire qu'un verre de vin, et le soir seulement, de passer trois heures devant sa table de travail, afin de noter les remarques que suscitaient en lui la vie politique ou bien ce qu'il appelait le débat d'idées, et deux heures à quelque exercice physique, de lire un livre par semaine, de noter scrupuleusement, dans un cahier qu'il réservait à ce seul usage, les réflexions que cette lecture n'avait pas manqué de faire naître chez lui, et de ne jamais se coucher plus tard que minuit. Il estimait avoir, jusque-là, assez bien réussi à se préserver des atteintes du temps. A force de soins, de vigilance et d'une stricte économie de ses désirs et de ses envies, il faisait encore très bonne impression sur ceux qui l'entouraient, et principalement – c'était là, il est vrai, son souci le plus constant – sur les femmes, qu'il aimait jeunes, mais pas trop, car il n'avait pas, disait-il, le tempérament d'un Pygmalion : il n'entendait intervenir dans la vie ou les intérêts de personne, il n'aurait voulu pour rien au monde façonner un être à son image, lui inculquer ses goûts ou ses convictions ; ç'aurait été trop d'efforts déployés pour assurer le bonheur de l'un de ses semblables. Or, pour ce qui était du bonheur, Paul ne concevait véritablement que le sien propre : il avait assez peu d'imagination. Enfin, il n'avait jamais ressenti l'impression d'être le semblable de qui que ce soit : le monde était peuplé d'individus plus ou moins aimables ou utiles – de femmes, essentiellement. C'est pour cela qu'il les aimait, parce qu'elles lui étaient familières et propices, parce qu'elles contribuaient à l'édification méthodique de son bonheur, cette science exacte dont il avait si facilement trouvé l'algèbre, et qu'il passait chacune de ses journées, depuis les premières années de sa jeunesse, avec l'opiniâtreté et le simple plaisir des animaux occupés à assurer leur subsistance, à mettre en pratique. Il aimait leur esprit, leur commerce, disait-il, qu'elles fussent jolies et bien élevées, qu'elles aient de l'admiration pour lui, et quelques idées.

Une femme remplissait à merveille toutes ces exigences. Elle présentait en outre cet avantage d'avoir vécu avec Paul une aventure amoureuse, il y avait des années de cela : elle le connaissait parfaitement, et savait qu'elle n'avait rien à attendre de lui. Ce n'était plus la peine de chercher à la séduire, ou à la détromper. Tout le bien et le mal lui avaient déjà été faits. Elle était pétrie de cette abnégation sans laquelle on ne pouvait demeurer durablement présent dans la vie de Paul. Elle se satisfaisait d'être, selon les termes d'une immuable étiquette, au sein de cette cour dont il était le souverain absolu – inaccessible à la pitié mais peu porté à l'injustice, équitable, somme toute, et distrait –, un dignitaire de second rang. Et si elle n'en était pas satisfaite, du moins ne s'en plaignait-elle pas. Pour toutes ces raisons, et aussi parce qu'elle était belle et que, lorsqu'il l'emmenait déjeuner dans l'une de ces brasseries où ils avaient leurs habitudes, on se retournait sur elle, et enfin parce qu'elle avait l'habitude de rire, tout à coup, sans que la raison en fût jamais très facile à saisir, d'un rire grave et sonore qui immanquablement attirait sur eux l'attention de toute une salle, Paul avait noué avec Marthe Mélanchon, quelques mois après l'avoir quittée, lorsqu'elle eut effacé un à un de son visage et de ses propos, patiemment, au prix d'une souffrance dont il ne mesurerait jamais l'étendue, tous les signes du deuil et de la tristesse, ce qu'il appelait une belle amitié. Elle préférait quant à elle ne pas donner de nom à ce qui les unissait, soit qu'elle espérât toujours revenir à l'ancien ordre des choses, et que, par une sorte de superstition, elle voulût ne pas enfermer dans la sévère et étroite définition de l'amitié un sentiment qui ne demandait qu'à croître à nouveau, soit qu'elle eût de l'amitié une conception plus austère et passionnée que Paul. Lorsqu'elle s'était mariée avec Mélanchon, Paul en avait été ravi. Il avait dit que Cyrille était un brave homme, qu'elle n'aurait pas pu rêver mieux. Le jour de la cérémonie, qui avait eu lieu à la campagne, il avait été prolixe, prévenant ; on ne voyait que lui : c'était comme s'il avait marié l'une de ses filles. Marthe songeait parfois, et c'était une consolation, aussitôt alourdie d'amertume, qu'elle était peut-être comme une fille pour Paul, et que ces attachements-là, une fois qu'ils se sont établis, ne varient pas.

Il déjeunait avec elle un jour sur deux, après avoir consacré la matinée à ses travaux, dans le silence de son appartement de la rue Saint-Joseph, derrière la Bourse, où la lumière entrait à flots, blanche, onctueuse, tandis qu'il était assis, devant la fenêtre de son bureau, à sa table de travail, entouré de ses livres, qu'il rangeait avec un grand souci de la logique : il avait adopté une organisation thématique et, au sein de ces grandes familles de pensée, dont le seul énoncé le transportait, qu'étaient l'histoire, la philosophie ou la littérature, un classement alphabétique. Mais ce n'était pas pleinement satisfaisant, et il lui arrivait parfois de se réveiller la nuit en se demandant s'il était bien légitime de classer tel ouvrage dans la philosophie plutôt que dans l'histoire – entre les deux disciplines, comme la frontière était parfois difficile à définir ! –, et bien commode d'avoir placé sur les plus hautes étagères, tassées à la limite du plafond, celles que l'on voyait à peine, Aristote ou Balzac, et sur les plus basses, peu accessibles, à moins de s'accroupir ou de ramper sur le parquet, Zweig ou Weber, alors que trônaient en bonne place, à portée de la main, se disait-il avec une sorte de rage, des auteurs aussi mineurs que Lesage ou Malebranche. Mais le moyen de faire autrement ? Cette pernicieuse interrogation une fois logée dans son esprit, il savait par expérience qu'il lui faudrait attendre deux bonnes heures avant de pouvoir se rendormir : ses insomnies se faisaient de plus en plus fréquentes depuis quelques années, et il les employait d'ordinaire, sans trop d'agacement d'ailleurs, à poursuivre ses lectures. C'est que lorsqu'on vieillit, songeait-il avec un peu de dépit, on a moins besoin de sommeil ; et aussitôt lui revenait en mémoire, suscitant en lui cette fois une certaine exaltation, le souvenir de son grand-père, qui à la fin de sa vie ne dormait plus du tout : quand ce moment serait venu pour lui, c'était certain, il disposerait d'un royaume sans limites, il verrait s'ouvrir devant lui comme une deuxième existence, tout entière à recommencer, et il ferait de grandes choses.

A la fin de la matinée, lorsqu'il avait bien travaillé (il lui arrivait d'être un peu mécontent de ce qu'il avait écrit, soit que ses propres idées lui aient paru plates, sans relief, ou déjà dites, soit que la formulation qu'il avait utilisée lui ait semblé maladroite, ou inappropriée, mais cela n'entamait jamais son impression dominante, qui était d'avoir bien travaillé, car le temps qu'il avait passé à examiner une question n'était, pensait-il, pas perdu, et tôt ou tard il en recueillerait les fruits), il sortait de chez lui, traversait la place de la Bourse, prenait la rue Vivienne ou la rue de Richelieu, et descendait jusque vers le Palais-Royal, où d'ordinaire il retrouvait Marthe. Il tenait beaucoup à cette promenade, qu'il jugeait nécessaire à son équilibre. Mais tous ceux qui connaissaient Paul auraient eu le plus grand mal à imaginer que, d'une façon ou d'une autre, son équilibre, précisément, c'est-à-dire sa merveilleuse intelligence des choses, sa merveilleuse familiarité avec les situations et les individus, son merveilleux savoir-faire, sa merveilleuse et infinie indifférence, ait pu lui faire défaut : il était inconcevable que la vie de Paul, cet être sérieux et serein, ait pu se définir autrement que comme ce prodige d'équilibre et de tranquillité qu'il était donné à quelques-uns, judicieusement choisis, de contempler.

Ils se retrouvaient devant la librairie Delamain, ou sous les guichets du Louvre, ou encore devant l'arc de triomphe du Carrousel. C'était selon leur humeur, plus souvent selon celle de Marthe : Paul lui laissait volontiers l'illusion de l'initiative. Ils allaient déjeuner dans l'un des petits restaurants du quartier. Ils aimaient bien les environs de la Bourse du commerce, mais en été, quand il faisait beau, il leur arrivait aussi de s'installer dans les jardins du Palais-Royal, ou bien à la terrasse du Nemours.

Marthe n'avait pas changé. Le malheur ne l'avait pas entamée, rongée, comme il fait parfois, laissant voir, au fond de la plaie, l'os, la dureté terrible de l'âme, la détresse, la défiance et le ressentiment : non, elle était restée semblable à ce qu'elle était, d'humeur égale. Elle parlait beaucoup d'elle-même, et toujours en termes flatteurs et généraux. Seulement, depuis son mariage, par une évolution qu'elle ne s'expliquait pas elle-même, ses préoccupations avaient pris un tour plus philosophique. Elle posait à Paul de délicates questions de morale, et discutait avec animation les réponses qu'il y apportait. Elle disait qu'il n'y avait rien qui la passionnât autant que les interrogations de l'éthique. Elle avait formé un catalogue des cas les plus difficiles qui peuvent se poser à une conscience, et n'en avait pas encore, apparemment, épuisé toutes les ressources – d'autant moins qu'elle se proposait toujours de les résoudre en termes personnels, comme si elle avait été l'archétype de cette conscience qu'elle aurait tant voulu mener au plus haut point de l'intransigeance et de la vertu : c'était chaque fois pour elle l'occasion de raconter une fable, un conte édifiant, dont elle était le principal personnage, la figure centrale et resplendissante au milieu d'un théâtre d'ombres. Elle y revenait, toujours dans les mêmes termes, à intervalles réguliers : la répétition était l'une des clefs de sa conversation, ce qui lui donnait cet air de sérénité, de constance et de n'être jamais prise au dépourvu, qui faisait envie à plus d'un.

Elle parlait de la vie en termes de combat : c'était un combat entre les forces du bien et celles du mal, dont son âme était la scène. Elle disait qu'elle était parvenue, grâce à ce constant exercice de réflexion sur soi, à cet effort de lucidité qu'elle s'imposait, à une grande maîtrise d'elle-même. Elle ne doutait pas d'en être largement pourvue. Elle vantait les vertus du stoïcisme ; c'était, disait-elle, l'école de pensée qui lui convenait le mieux. Elle n'était pas, disait-elle encore, quelqu'un qu'on trompe, qu'on abuse, dont on se joue ; elle ne donnait d'ailleurs jamais totalement sa confiance : c'était le gage de sa tranquillité. Elle disait enfin, et Paul trouvait cela assez joli, qu'elle n'avait pas d'inconscient.

Elle avait aussi, dans le vocabulaire – c'était un curieux contrepoint à ses théories philosophiques, ou bien un retour en force du naturel, que ces élucubrations embarrassaient et empêchaient de s'épanouir –, certaines vulgarités qui à l'origine avaient gêné Paul, et puis auxquelles il s'était habitué – sans doute, songeait-il, parce que s'exprimaient, à travers ces mots naïfs et laids, une sorte de santé, de vigueur native, de bonté, qui sait, de poésie en tout cas, à laquelle il n'était pas insensible ; mais c'était peut-être tout simplement parce qu'il avait fini par trouver que tout ce qui venait de Marthe allait de soi, par tout admettre de ce caractère sans complication et sans finesse. Elle parlait de défendre son bifteck – à moins que ce ne fût, variante encore plus rustique et qui stupéfiait Paul, son bout de gras ; elle disait de quelqu'un qui disposait d'arguments solides qu'il avait du biscuit ; pour signifier l'approximation, elle parlait de répartition à la louche ; toutes métaphores culinaires qui semblaient à Paul témoigner une fois de plus de sa bonne santé et de son appétit, de sa vie enfin, de cette vie profuse, exubérante, si belle et forte, répandue en elle, de la racine de ses cheveux noirs jusqu'à ses mains mobiles, cette vie qu'il contemplait sans vouloir y entrer et qui était un spectacle plaisant.

Il l'écoutait à peine ; il se contentait de sa présence, une présence pleine, égale, qui dispensait de la lumière, et pas de chaleur ; c'était une lueur froide et familière comme celle de la lune. Marthe n'avait pas le charme de certaines femmes, pas d'abandon, de fantaisie. Il n'y avait chez elle rien d'inattendu ; au contraire, tout, dans ses gestes et ses paroles, était prévisible, insignifiant et gai. Paul avait la douce certitude qu'il n'éprouverait jamais pour elle de passion ; il ne souffrirait pas par elle, il ne l'aimait pas. Elle avait pourtant fini par lui devenir aussi habituelle et nécessaire que l'eau, le soleil ou les livres qu'il écrivait. Elle faisait beaucoup de bruit, pour pas grand-chose ; elle possédait l'art de parler pour ne rien dire. Elle remplissait l'espace, et le faisait avec un certain sens de la mesure, sans trop hausser le ton, sans dissonance. Il n'aurait pris pour rien au monde la décision de renoncer à elle. Mais si elle avait disparu, l'aurait-il regrettée ? Il ne ressentait plus pour elle aucun désir. Elle était, songeait-il parfois, comme sa sœur. De sœur, il n'en avait jamais eu ; il pensait qu'une sœur est, à l'image de Marthe, une femme sans grâce et sans chair, une parfaite enveloppe, une âme sans aspérités, un être qu'on ignore, une évidence, quelque chose de sain et de solide, qui ne fait pas défaut, dont on a l'emploi, toujours, dont on ne peut pas se lasser, et qui ne vous manque pas – quelques jours, tout au plus, le temps si bref que l'eau se referme sur la chute de la pierre – lorsqu'elle a disparu de votre vie.

Au bout de quelques heures, ils se séparaient. Il était heureux de la quitter et de se retrouver enfin en tête à tête avec lui-même – ce précieux tête-à-tête dont il convenait, pour mieux le goûter, d'être distrait quelquefois. Il passait l'après-midi chez lui, à moins qu'il n'eût quelques rendez-vous, qu'il prenait soin d'espacer le plus possible, car il craignait, disait-il, de s'éparpiller. Le soir aussi, il était souvent seul. Parfois, cependant, il allait retrouver Élisabeth, l'une de ses anciennes liaisons, une femme plus âgée que lui, dont il était tombé amoureux alors qu'elle était belle ; le temps ayant passé, elle était devenue laide, mais Paul ne s'en était pas aperçu, parce que, lorsqu'elle le voyait, son visage se figeait dans un sourire étrange et persistant qui, tout le temps que Paul était là, ne le quittait plus ; et Paul ne s'arrêtait qu'à cette expression mécanique du bonheur, qui lui paraissait justifier sa visite. Elle avait épousé un vieil homme qui, il y avait des années de cela, avait eu la réputation d'être spirituel : Paul l'avait connu dans ce temps-là et lui en conservait de l'estime ; il était tombé malade et ne bougeait plus de son fauteuil, où il restait silencieux. Paul passait chez eux de bonnes soirées, à évoquer le passé, à détailler ses menus soucis de la journée, à lire à Élisabeth quelques pages qu'il avait écrites. Elle reflétait uniformément ses propres sentiments : elle n'avait pas beaucoup d'imagination ; il tirait de cet assentiment indéfectible, et tout de surface, un grand réconfort, et rentrait chez lui comblé.

D'autres fois, quand il était d'humeur badine, ou un peu agitée, il retrouvait Marthe à nouveau ; ils allaient dîner au Grand Colbert. Marthe y commandait de la viande, saignante, qu'elle engloutissait, et c'était l'une des choses qui plaisaient à Paul, cette franchise, cette sûreté de soi, ce dédain des convenances, cette robustesse, ce côté paysan finalement qu'elle avait, province. Il était en confiance avec elle, elle ne lui en imposait pas, ils étaient du même monde, des petits-bourgeois intelligents, avides, et parvenus, songeait-il avec fierté, à ce qu'ils avaient le plus désiré : la consécration précisément de leur intelligence, et de leur savoir-faire. Marthe n'était pas comme ces femmes fortunées qu'il avait, dans sa jeunesse, rêvé d'épouser, et qui le laissaient de marbre. Ils discutaient encore, dans le fracas de la vaisselle, l'éclat des voix, le ruissellement des lumières. Ensuite, il la raccompagnait chez elle. Ils ne faisaient, comme ils disaient, rien de mal : Mélanchon aurait eu mauvaise grâce à redire à ces retrouvailles. Si Marthe ne lui en parlait pas, inventant chaque fois un prétexte, c'était simplement parce qu'elle avait le goût du secret, et sans doute parce qu'elle se grisait de l'illusion de l'interdit.

Elle rentrait chez elle, songeant qu'elle était l'égérie de Paul ; elle se félicitait de ce statut hors du commun. Elle pénétrait sans faire de bruit dans l'appartement de la rue d'Alésia, où toutes les lumières étaient éteintes, imaginant qu'elle avait une vie digne des plus splendides femmes du XVIIIe siècle, Juliette Récamier ou Germaine de Staël, que Paul était son philosophe, son grand homme, son Encyclopédiste, et que sans elle, sans leurs interminables conversations, sans ces objections et ces variations où elle excellait, il aurait écrit de moins bons livres; car il écrivait de bons livres, il était le plus pénétrant de sa génération, le plus brillant, le plus neuf aussi : elle en était persuadée, c'était sa profession de foi, sa conviction la plus intime, la certitude inébranlable autour de quoi tournait sa vie. Elle ne pouvait pas lire une page de lui sans être transportée – « je suis cérébrale », disait-elle volontiers, avec cette coquetterie sans finesse qui lui était propre, pour rendre compte des émois que suscitaient chez elle ces lectures. Elle s'y plongeait encore au milieu de la nuit, un peu exaltée par tout le vin qu'elle avait bu, à la lumière rouge de la bibliothèque, devinant derrière la porte la présence de Mélanchon endormi et sans défiance. Elle ne pouvait, quant à elle, trouver le sommeil, se remémorant les moindres sinuosités de leur discussion du soir. Elle pensait aussi qu'elle formait avec Paul un vieux couple; elle avait conservé à son égard ce sourd désir de mariage, de consommation, qui ne se réaliserait plus, qu'elle niait de toutes ses forces, et qui resurgissait cependant, à l'improviste, au détour de ses lectures, lorsqu'elle restait ainsi seule, assise, un peu étourdie et impatiente, dans la bibliothèque, un désir amer et familier, un mal sans remède, que Mélanchon connaissait, et dont il avait pris son parti – Paul, quant à lui, ne l'avait jamais soupçonné.

13

Comme ses amis, pleins d'obligeance, avaient conseillé à Ferdinand de prendre quelques jours de repos, il avait décidé, d'un commun accord avec ceux qu'il jugeait les plus raisonnables d'entre eux, c'est-à-dire Jean-Jacques et Arno, dont il se plaisait à reconnaître, une fois de plus, l'indiscutable supériorité qu'ils avaient sur lui, ce bon sens qu'ils conservaient dans le malheur – sans songer que ce malheur, qui était le sien, n'avait que peu de rapport avec ce qui faisait le fond de l'existence de Jean-Jacques ou d'Arno –, qu'il lui serait bénéfique de les passer au bord de la mer. « La vue de la mer apaise les sens », avait dit Arno, sans paraître remarquer qu'en l'occurrence les sens de Ferdinand étaient assez peu sollicités, et que c'était au contraire, comme le disait l'intéressé lui-même avec une sorte de désolation tranquille, son âme qui souffrait, en proie, ajoutait-il, aux mille tourments de la vanité dépossédée de son objet, de l'ambition inutile et de la désillusion. Ferdinand était donc parti pour Biarritz, ville qu'il aimait, où il avait un peu de famille, et où il avait noué une forme de camaraderie avec deux ou trois propriétaires de bars espagnols où il se rendait tous les soirs, pour boire, jusqu'au milieu de la nuit, des alcools forts qu'il n'aimait pas, et discuter de politique ; ç'avait toujours été l'une de ses manies que de chercher à paraître déterminé et convaincu.

Au début, il avait donné de ses nouvelles, alors même qu'on ne lui en demandait pas et qu'ils étaient peu nombreux à se soucier de son sort : comme bien d'autres événements, d'autres carrières qui avaient connu des accidents, d'autres trajectoires qui avaient paru suivre tout à coup un cours bizarre, d'autres dévouements qui avaient été méconnus, le sort de Ferdinand avait rapidement cessé d'intéresser son entourage, et cela d'autant plus aisément que Ferdinand n'était plus là, en chair et en os, pour retenir l'attention, qu'on ne scrutait plus son visage, à l'affût du moindre signe de vieillissement et de décrépitude, qu'on n'écoutait plus le timbre de sa voix pour chercher à savoir s'il s'était altéré, qu'on ne se réjouissait plus de le voir manger comme quatre lors des dîners qu'on lui faisait servir dans les restaurants qu'il aimait et où on l'avait si souvent vu au temps de sa splendeur – cette dernière expression ayant été une fois de plus vulgarisée par Arno, qui s'était volontiers référé, ces dernières semaines, avec une forme de jubilation qui tenait peut-être simplement à la satisfaction d'avoir trouvé le mot juste, à ce temps de la splendeur de Ferdinand comme à une époque décidément révolue ; il prenait, disant ces choses, la pose d'un moraliste qui regarde la réalité, et le tréfonds des consciences, en face, d'un historien qui retrace sans esprit de parti et sans complaisance l'apogée et le déclin des empires, d'un médecin qui annonce en termes choisis sa mort prochaine à l'un de ses patients : indifférent dans l'instant, plein de componction et de zèle, et saisi d'intérêt pour les développements ultérieurs de la situation. C'était, comme l'avait fait remarquer Jean-Jacques, que le goût d'Arno pour le récit picaresque lui avait fait trouver, dans la mésaventure de Ferdinand, une matière imprévue et inépuisable ; et aussi un élément de consolation : il était hors de doute, la grande sagesse des romanciers espagnols nous l'avait appris, qu'après cet épisode malheureux Ferdinand réapparaîtrait, purifié par l'épreuve, assagi, mûri, ayant accédé enfin au détachement que commande le monde, indispensable à qui veut y réussir. Cette démonstration d'Arno était assez au point. Elle lui fournit le sujet de nombreuses conversations, lors des dîners où on le vit à la fin de cet hiver. Le cas de Ferdinand lui permettait de belles extrapolations, bien argumentées. Et l'image de la splendeur de Ferdinand, qui revenait dans ses propos comme un motif musical, sur lequel il aurait brodé d'infinies variations, plut beaucoup : Ferdinand en potentat de l'Orient, en satrape régnant, depuis son palais plein de luxe et de mystères, sur une province ingrate où s'étaient précipitées d'un coup les armées de l'ennemi, c'était quelque chose qui faisait rêver ; l'idée que tout cet or, ce faste et ces fanfares avaient été balayés par le vent et les sables, abattus, consumés, anéantis, qu'il n'en restait rien, que le silence et l'obscurité, c'était une idée immense, insolite, et plaisante. Ainsi, lorsque Arno prononçait, sans changer de ton, cette incidente qui n'avait l'air de rien – « c'était au temps de la splendeur de Ferdinand » –, son auditoire se taisait tout à fait, attentif et recueilli comme si on lui avait raconté la fin de l'empire d'Alexandre.

Et puis, au bout de quelques jours, on n'avait plus rien vu venir de Biarritz. On n'avait plus reçu ces lettres brèves, elliptiques, que Ferdinand avait appris à écrire lorsqu'il était jeune et qu'il lisait Tacite, et qui remplissaient ses correspondants d'admiration. Henrietta avait averti ses amis de ce silence, sans manifester d'émotion, et l'on avait applaudi à son courage et à la raison qu'elle gardait dans l'adversité – deux qualités cependant qui, pour qui la connaissait, n'avaient rien de surprenant : « C'est le propre des Anglais, avait dit Mélanchon, que de ne laisser aucune prise à ce qui est futile. » Il avait ajouté, et on l'avait approuvé, que le caractère anglais passait volontiers d'un extrême à l'autre, de la plus grande exaltation au plus grand dégoût de soi, et que cette étrange alliance des contraires avait fini par produire une sérénité sans artifice dont Henrietta était l'un des plus beaux exemples. De fait, elle avait semblé, à mesure que l'absence de Ferdinand s'affirmait, qu'on ne pouvait plus la dérober aux yeux des tiers, qu'elle était devenue un élément de la réalité, au même titre que la couleur des rideaux, tous verts ou bleus, de l'appartement de la rue du Val-de-Grâce, que le parfum des fleurs qu'elle disposait dans les vases de verre, roses ou mauves, qu'elle avait placés un peu partout, sur les meubles, les cheminées, et même les instruments de musique (Jean-Jacques, chaque fois qu'il entrait chez elle, se rappelait cette phrase de son vieux professeur de piano, venu de Russie en France, dans les années 1920, avec son père qui était officier de Nicolas II, chez qui il allait prendre des cours, tous les mercredis après-midi, rue du Général-Foy, qui était aveugle, et qui lui avait dit qu'il n'y avait rien de plus triste et de plus mauvais goût que ces napperons qu'on met, dans certains intérieurs, sur les guéridons et le dossier des fauteuils, et Jean-Jacques, portant les yeux autour de lui, dans le petit salon tendu de vieux velours jaune, passé, sali, taché par endroits, voyait partout de ces petits morceaux de dentelle, que la femme du musicien, une créature dévouée, avait disposés, à son insu, sur les tables, les fauteuils, jusque sur le piano, où trônait une lampe d'albâtre, sur la cheminée, sous la pendule, et sous les deux globes de verre où étaient renfermées des fleurs séchées), à mesure qu'il était devenu évident que Ferdinand avait disparu, qu'on ne savait pas où il était et, comme disait encore Arno avec gourmandise, que ce qui était sûr, c'était qu'il ne reviendrait pas de sitôt, Henrietta avait semblé gagner encore en assurance et en fidélité. Aussi s'émerveillait-on, lorsqu'on pénétrait dans l'appartement silencieux, où rien n'avait changé, de la patience dont elle faisait preuve, envers et contre tout, de sa placidité, de sa bonne volonté, de sa ténacité, bref, de tout ce qui faisait son caractère, qui se révélait, disaient ses amis, dans le malheur – tout ce qui faisait son extraordinaire et indestructible petit caractère.

Elle avait continué à recevoir Jean-Jacques. Simplement, elle ne disait plus, comme elle le faisait auparavant : « Ferdinand rentrera un peu tard ce soir, voulez-vous l'attendre ? », ou bien : « Ferdinand ne rentre pas ce soir, voulez-vous dîner avec moi ? », invitations que Jean-Jacques acceptait, chaque fois, bien volontiers, comme s'il n'avait rien eu de plus pressant, ni de plus captivant, à faire, ces soirs-là, que de rester assis en face d'Henrietta, dans le salon ou la salle à manger vides, sous le lustre de Venise orange et vert, à la regarder. Il s'adonnait à ce spectacle comme à un plaisir interdit. A présent cependant, Henrietta ne lui disait plus rien. Elle se passait de ces formules qui entre eux étaient devenues désuètes, le regardait entrer dans la pièce où elle se trouvait avec une joie qu'elle ne cherchait pas à dissimuler – c'était ce qui, chez elle, plaisait par-dessus tout à Jean-Jacques : cette faculté qu'elle avait de ne rien dissimuler, son étrange transparence, sa bonhomie –, lui souriait et continuait à lire. Jean-Jacques s'asseyait en face d'elle, observait son visage blanc et rose, qu'il trouvait harmonieux et inexpressif. Lorsque, de temps à autre, elle levait la tête vers lui et lui disait quelques mots, qui jamais ne tiraient à conséquence, une exclamation, une remarque qui portait sur le temps qu'il faisait, celui qui passait, ou encore l'emploi, toujours identique, de ses journées, il l'écoutait parler, avec son léger accent sans grâce, ces fugaces mouvements de la tête qui chez une autre auraient été charmants, et chez elle paraissaient mécaniques, se demandait s'il ne lui prêtait pas plus d'inconséquence et d'ingénuité qu'elle n'en avait en réalité, et si, oui ou non, elle lui inspirait du désir.

C'était bien là, comme il se le disait, la question primordiale, celle à quoi tout se ramenait, la seule qui donnât un peu d'intérêt et de piquant à une situation qui en manquait tant. Elle lui revenait inlassablement à l'esprit, tandis que le temps s'écoulait dans le salon d'Henrietta, des heures impalpables, légères, roses et grises, infinies, sans poids et sans valeur. Lui inspirait-elle du désir ? Il finit par se convaincre que oui, tandis qu'elle lui rapportait les incidents de sa journée et regardait, avec une régularité d'automate, par la fenêtre, puis se retournait et posait sur lui, immobile en face d'elle, aux aguets, perplexe, impatient, son regard froid et stupide de déesse païenne, de femme à tête de vache, songeait-il en admirant ses beaux yeux noirs, imaginant qu'il avait en face de lui, ruminante et paisible, inaccessible aux mortels, Hathor ou Sekhmet, projetée par mégarde au cœur de cet appartement sans charme, affublée d'un ridicule accoutrement contemporain, contrainte, par quelque mystérieux sortilège, de se plier aux usages et aux coutumes de ce monde-ci, ce qu'elle faisait avec beaucoup de maladresse et de condescendance, mais belle, et terrible, cependant, se demandant enfin comment un homme aussi intelligent que Ferdinand avait pu choisir de s'enfermer avec cette femme – s'enfermer, il n'y avait décidément pas d'autre mot pour cet interminable et funèbre tête-à-tête avec Henrietta, dont on ne pouvait s'échapper –, avant de conclure que certainement Ferdinand était moins intelligent qu'il n'y paraissait, et que les femmes qu'ils ont choisies ne sont, pour la plupart, rien d'autre que l'aveu de faiblesse et d'impuissance des hommes.

Un jour, il s'approcha d'elle tandis qu'elle lui lisait un passage de *Delphine*, l'un des livres qu'il préférait et qu'il lui avait conseillé. Il lui dit avec un peu d'irritation qu'il avait le sentiment, à mesure que les semaines passaient, toutes pareilles, de perdre son temps avec elle, que du reste il s'ennuyait en sa compagnie, comme elle paraissait s'ennuyer en la sienne, que Ferdinand rentrerait bientôt, et qu'ils auraient moins de liberté ; qu'attendait-elle donc de lui ? Elle le regarda, tournant vers lui son beau visage plat et pâle, avec une stupéfaction qui n'était pas feinte, apparemment. Il songea, pris de découragement devant cette innocence, qu'elle était moins rouée qu'il ne l'avait pensé, et que ce serait une entreprise difficile, une entreprise comme il n'en avait jamais tentée, que de séduire cette femme. La séduire, d'ailleurs, pour en faire quoi ? s'interrogea-t-il aussitôt, saisi d'une frayeur irraisonnée devant cet abîme qui s'ouvrait devant lui, sous l'espèce morose, familière à présent et indéchiffrable, du regard d'Henrietta. Comme il se faisait ces réflexions, et la regardait, assise à sa place devant la fenêtre à demi ouverte où passaient des nuages, elle se leva, vint à lui, l'embrassa, et Jean-Jacques conclut, sans exaltation, mais cette fois, tout de même, avec beaucoup de curiosité et une vague émotion, que l'aventure valait d'être vécue.

Il revint la voir tous les jours. Elle avait un corps lisse, joli, doux au toucher, propice, un corps dont il tomba amoureux, qui finit par lui devenir aussi nécessaire que lui étaient nécessaires, dans la pénombre de la rue Saint-Florentin, les silences d'Esther. Il arrivait l'après-midi et restait avec Henrietta jusqu'au soir. Ils s'enfermaient dans sa chambre, où nul ne les dérangeait. On y entendait, mais étouffés, assourdis, parce qu'elle avait tiré les lourds rideaux de velours, les bruits intermittents de la rue. La lumière du jour n'y pénétrait pas, et il était impossible à Jean-Jacques de savoir, au bout d'un certain temps, si les heures avaient passé, ou les minutes simplement. Il prit l'habitude, au fil des rendez-vous que lui donnait Henrietta, et des moments qu'il passait ainsi avec elle, de déceler autour de lui, peu à peu, d'infimes variations de couleur et d'éclat, des changements de ton, d'imperceptibles modifications de l'air et de la lumière, au plafond, sur la peau d'Henrietta, sur la glace du grand miroir qui surmontait la cheminée et dont le trumeau, aux tons criards, représentait un berger, sanglé dans un habit violet, embrassant une bergère qui retroussait ses jupes, sur le tissu sombre des murs. Il prit l'habitude de discerner des nuances dans l'opacité de la pièce, de légers mouvements dans l'obscurité, qui lui indiquaient, à peu près, quelle heure il était. Ce n'était pas, d'ailleurs, qu'il s'en souciât. On ne l'attendait pas au-dehors ; il n'y avait rien qui valût de renoncer au corps parfait d'Henrietta, à sa douceur, à sa vivacité. C'était, simplement, qu'il aimait malgré tout percevoir le monde au-dehors, le monde immense et plein, derrière la fenêtre, le monde où il retournerait, comme un mort retourne à la terre, apaisé, écœuré, heureux, lorsqu'il se serait levé du lit défait et qu'il aurait quitté Henrietta, qu'il l'aurait laissée immobile derrière lui, abandonnée dans la chambre sombre, pour sortir, ébloui, dans la tiédeur et l'âcreté de la fin de l'après-midi.

Tous les jours, pendant ce mois d'avril, de la même façon, et bien qu'elle mît une obstination tranquille et jamais découragée à lui demander de rester dîner avec elle, il s'en allait ainsi, descendait rapidement dans la rue, entrait d'un coup dans le brouhaha et la torpeur du Luxembourg, sous les grandes frondaisons vertes et fraîches, s'asseyait là un instant, au milieu des cris des enfants et des tourbillons de poussière, entendait l'heure sonner au clocher du Val-de-Grâce, puis se levait, songeait à Esther, confusément et sans remords, descendait lentement vers la Seine, et rentrait chez lui sans hâte, étonné de ce nouveau tour qu'avait pris sa vie, d'être si définitivement, fortement et tristement attaché au corps et à la vie d'Henrietta.

Il était heureux. C'était ce qu'il pensait, marchant dans les allées grises et blanches du Luxembourg, tandis que l'air devenait plus froid et le ciel plus noir. Devant lui, la fontaine Médicis, dont la surface était recouverte de feuilles et au bord de laquelle il s'arrêtait tous les soirs ; à droite, au-delà de la grande allée de gravier blond, au-delà des grilles, le vacarme de la rue Soufflot, la masse jaune du Panthéon, et plus loin encore, derrière, à l'écart, tranquille, silencieuse et recouverte déjà par les ombres, la rue d'Ulm, sa jeunesse, les moments successifs, univoques, transparents, diaphanes déjà, de sa jeunesse, la singulière saveur de son passé, ces jours immatériels, légers, ces beaux jours innombrables, ces jours sans souffrance, sans deuil, sans apprêt, simples et faciles, qui avaient passé, un insignifiant petit trésor, connu de lui seul, patiemment réuni, dont nul autre que lui n'aurait l'usage, plus jamais, un petit amas de secrets, de sensations, d'oublis, d'envies et de regrets, mais surtout de tranquillité, l'âpreté des printemps, la douceur des hivers gonflés de neige, toute une somme de souvenirs pleins de lumière et de vie, tous ces jours qui étaient là, amassés, immobiles, derrière les grilles du Luxembourg, surgissant, compacts, tous liés l'un à l'autre, d'un tissu serré et solide, s'élevant d'un coup, dans une imperceptible rumeur, comme celle qui accompagne les orages d'été passant dans le lointain, s'élevant comme une nuée, derrière les immeubles de la rue Soufflot, son infini passé, épars et cohérent, fini, achevé, incomparable, son passé dont il s'était défait, dissocié, qui s'étendait désormais, à perte de vue, derrière les grilles noires du jardin, comme un grand paysage pétrifié dans lequel Jean-Jacques n'entrerait plus, mais qu'il contemplait ainsi, une dernière fois, à distance, avec étonnement et connivence, depuis les profondeurs du parc, étourdi par les cris et les rires des enfants, la fraîcheur du soir et les tourbillons de poussière encore soulevés dans la lumière, comme isolé entre deux mondes, indécis, heureux d'avoir enfin quitté l'appartement d'Henrietta, aux rideaux tirés, aux bouquets fades et odorants, heureux d'être, comme il se le disait parfois, avec un peu de réticence et de crainte cependant à l'idée de prononcer un tel sacrilège, heureux d'être enfin débarrassé d'Esther, tout à lui-même, grisé et rempli de lui-même, de cet instant qui n'en finissait pas, si fragile cependant, interminable et précaire, comme un pont suspendu entre deux continents, rempli de cette grâce qu'il n'avait pas méritée, qui lui serait, il en avait le pressentiment, bientôt retirée, et de l'éclat des anciens jours.

14

C'est à ce moment qu'on avait vu réapparaître Cyrille Mélanchon. Il avait un peu vieilli, mais à peine. Il avait aussi, comme il disait, profité : son visage s'était encore arrondi, ses traits amollis. Un sourire – qui peut-être à l'origine avait été de convenance, celui que Mélanchon estimait le plus approprié à telle ou telle circonstance, un sourire, par conséquent, divers, multiforme, changeant au gré des moments et de ce qu'ils donnaient à affronter à Mélanchon – univoque à présent, affable et radieux, s'y était déposé, y avait adhéré, épousant dans ses moindres replis la nouvelle onctuosité de Mélanchon, un sourire qu'on n'effacerait plus désormais de ce bienheureux masque de cire.

« Ce vieil hypocrite de Mélanchon ! » : telle était la réflexion qu'avait amenée, dans la conversation d'Arno, cette radicale transformation de Cyrille, qui de neurasthénique était devenu bon vivant. L'opinion d'Arno était largement partagée. On imaginait quelque secret à Mélanchon, une nouvelle existence, quelque chose en tout cas qui l'avait comme attiré hors de lui-même, distrait de ses soucis et de ses terreurs, rendu à la vie, restauré, embelli, en somme. On s'étonnait, et l'on se félicitait aussi, qu'une telle métamorphose demeurât possible chez un homme de près de cinquante ans, un brave homme il est vrai, qui n'aurait fait de mal à personne, si bien que dans son cas on ne pouvait parler de rédemption, tout au plus d'une sorte d'apothéose : c'était donc que l'on n'était pas fini à cinquante ans, qu'on avait encore de beaux jours devant soi, qu'on pouvait renaître, croître et se satisfaire de soi-même.

Jean-Jacques, qui dans ses moments d'oisiveté s'interrogeait sur ce que seraient ses prochaines années, cherchant en vain à imaginer ce qui sortirait des journées qui formaient à présent la trame de sa vie, ce qu'elles produiraient de terrible, de doux au contraire ou bien d'indifférent, à quoi ressembleraient les moments inégaux, disparates, des jours à venir, tirait de l'exemple de Mélanchon un grand réconfort : apparemment, il y avait certaines frontières invisibles que l'on pouvait passer, certains caps que l'on doublait, sans en éprouver de secousse, de désagrément, de peine supplémentaire. Mélanchon avait traversé des épreuves, des dégoûts, et de la terreur, il avait été comme un vaisseau malmené par la tempête, il avait franchi des passes périlleuses, et c'était chaque fois, pour les spectateurs incrédules amassés sur le rivage, une stupéfaction et un soulagement que de le voir resurgir, au milieu des flots gris, ballotté, démâté, mais poursuivant tout de même sa route vers une destination que Jean-Jacques, lorsqu'il se faisait à part lui ces poétiques réflexions sur le cas Mélanchon, imaginait comme une île recouverte de palétuviers aux feuilles presque noires ; oui, c'était ainsi qu'il imaginait le bonheur selon Mélanchon, les aspirations de Mélanchon, tout ce qui, invisible, faisait l'âme, les joies et les douleurs de Mélanchon : une île au milieu de la mer, déserte et bruissante de cris d'oiseaux, vers laquelle faisait route, de toute la force de ses voiles blanches gonflées par le vent, un vaisseau qui n'avait plus de gouvernail et prenait l'eau de toutes parts. C'était une belle image, apaisante et multicolore, pleine de saveurs et de sons, comme il y en avait, lorsqu'il était enfant, dans ses livres d'histoires aux grandes couvertures de carton, dorées sur tranche, une image qui l'emplissait de compassion pour Mélanchon et, plus généralement, d'amour pour ses semblables. Il se rappelait, avec une grande foi, soudain, dans la nature humaine, ces journées où Mélanchon demeurait chez lui, enfermé dans la bibliothèque, et où l'on ne pouvait même pas se dire qu'il avait recouru, pour calmer un peu sa détresse, à la proximité des livres : non, à voir ses traits défaits lorsqu'il émergeait de cette retraite, on avait plutôt l'impression d'un terrible combat qu'il aurait mené là contre eux, contre tous les livres qu'il avait entreposés là au fil des années, un terrible combat sans témoins, sans victoire, quelque chose de confus et de mystique, dont personne ne pouvait percevoir le sens. Et sans doute était-ce à présent, songeait encore Jean-Jacques, dans l'âme renouvelée, épurée de Mélanchon, la merveilleuse vision de Jacob qui se déployait, splendide ; sans doute n'y avait-il pas pour lui, désormais, de plus grand ravissement que de contempler, immobile, redoutant que cette vision bénie, d'un coup, ne s'anéantisse, sa propre vie intérieure, les infimes et délectables mouvements de son âme, de se laisser absorber par ce spectacle divin, de se confondre en lui ; c'était sans doute aussi majestueux que le va-et-vient des créatures célestes sur l'échelle de Jacob : c'était, à en juger par la physionomie de Mélanchon, qui était transfiguré, comme un mystérieux et interminable ballet d'anges dans la bibliothèque de la rue d'Alésia.

Mélanchon était heureux, nul ne pouvait prétendre le contraire. « Quelle formidable leçon de courage ! » pensait Jean-Jacques, qui se demandait aussi comment un individu comme Mélanchon pouvait être heureux, comment on pouvait, en somme, être Cyrille Mélanchon et s'en satisfaire. Il est vrai que l'Évangile promet le ciel, et une félicité éternelle, aux simples d'esprit. Mais encore aurait-il fallu percer le secret de cette simplicité, aller au-delà des apparences, savoir ce qui se cachait au tréfonds de Mélanchon ; il aurait fallu tirer profit de cette étonnante aventure intérieure qui se jouait sous ses yeux. Pour cela, Jean-Jacques manquait de patience et de détermination. Et puis, quelle méthode employer ? A l'idée de susciter les confidences de Mélanchon, ou tout bonnement de les recevoir, de laisser s'établir entre eux une quelconque forme de connivence, il était pétri d'angoisse : il avait toujours cru qu'il existe entre les êtres une insidieuse et inévitable forme de communion, ou de contagion, comme on voudra, que, du plus affaibli au plus sain, le mal gagne et s'étend, et qu'on ne sort jamais indemne de leur fréquentation. Qu'est-ce qui aurait pu passer, de l'âme de Mélanchon à la sienne, s'ils avaient entretenu un commerce quelconque ? Il préférait ne pas même se le représenter, et se prémunir contre ce danger en demeurant à distance. Car Mélanchon avait beau s'épanouir, fructifier, gonfler à vue d'œil, comme la grenouille qui voulait se faire aussi grosse que le bœuf, au point que l'on pouvait redouter de le voir tout à coup crever de bonheur, Jean-Jacques pensait aussi parfois, avec une sorte de terreur, qu'il y avait, dans ce ravissement sans limites, dans cette incommensurable et inintelligible satisfaction de soi, un peu de la joie du dément, la joie de Nerval marchant vers l'Orient, la joie macabre du damné le jour de son supplice. Il craignait de voir apparaître d'un coup, sous le sourire béat de Mélanchon, le ricanement affreux du pécheur précipité dans les tourments de l'enfer, ce rire et cet embrasement terribles, inexplicables, et nécessaires cependant aux fins dernières.

Comme c'était le printemps, Mélanchon fut pris d'une passion pour les fleurs. Il en remplit son appartement. Il acheta, pour donner aux bouquets qu'il composait tout l'éclat requis, des vases de tailles et de formes différentes, qu'il disposait devant les fenêtres, car il recherchait des harmonies de teintes que rehaussaient, disait-il, l'éclat du ciel et les diverses qualités de la lumière. Il se répandit bientôt chez lui, du fait de cette profusion, des marguerites blanches et jaunes qu'il rapportait par brassées, auxquelles il ajoutait des œillets de toutes les couleurs, des roses rouges ou orange, des branches de lilas, des orchidées porte-abeille, des fleurs de vanillier ou des *Billbergia nutans*, une odeur lourde, indéfinissable, qui surprenait les visiteurs, incommodait sa femme, et le grisait. « Quelle ivresse ! » s'écriait-il, les mains jointes devant l'un de ses chefs-d'œuvre, qu'il n'en finissait pas de retoucher, ajoutant ici une feuille d'acanthe ou de figuier, là un brin de bruyère, ailleurs une branche de mimosas. Il se levait tôt et courait les marchés, persuadé que c'est au petit matin que l'on trouve les plus beaux spécimens, les plus frais, disait-il aussi, comme il aurait dit les plus proches de la terre, les plus récemment éclos, les moins suspects d'altération, de corruption, de vice en somme. C'était cela qu'il recherchait : une sorte de fraîcheur, de vérité de la plante, cet instant précaire où elle apparaît encore humide, luisante, juste avant que ne commence le processus de décomposition, qui donnait les plus âpres parfums. Il rentrait chez lui harassé, les bras chargés de butin. Il arrivait qu'il ressortît ainsi deux ou trois fois avant d'estimer qu'il avait rempli son devoir et de s'enfermer chez lui, pour le reste de la journée, au milieu de vases où l'eau commençait à croupir, d'autres où elle était encore limpide et froide, et partout des pétales ouverts et soyeux.

Arno, à qui l'on avait parlé de ce prodige et qui, tenant à évaluer par lui-même le degré de folie auquel était parvenu Mélanchon, s'était invité chez lui un matin et en était reparti au bout de quelques instants, suffocant et malade, tirant sur son cigare avec plus de rage que de coutume, et plus rouge aussi qu'à l'ordinaire, conseillait de l'envoyer courir les champs, préconisant de toute façon, dans ce cas qui lui paraissait grave, le repos absolu à la campagne. « Il a trop travaillé, cela devait arriver, c'est l'ourdou qui lui est monté au cerveau », concluait-il avec son rire sardonique, et Esther, l'écoutant poser ce diagnostic sans espoir sur le malheureux Mélanchon, éclatait de rire à son tour, tandis que Jean-Jacques les observait sans rien dire, assis en face d'eux dans le salon de la rue du Cherche-Midi, attendant sans impatience, avec simplement cette fade et familière sensation d'étouffement que produisait en lui l'immense présence d'Arno, de se retrouver enfin seul avec elle.

Ces soirées du mois d'avril, dont la douceur cette année-là fut incomparable, passées de la sorte dans le salon d'Esther, à disserter sur l'étrange caractère de Mélanchon, il devait, plus tard, en garder un souvenir qui serait lui aussi d'une douceur incomparable, un souvenir gai, bien circonscrit dans le temps et dans l'espace, propre et pâle comme un galet roulé par la mer, deux ou trois conversations, pas plus, mais qui s'étaient déroulées paisiblement, qui avaient suivi leur cours tranquille dans la beauté du soir, Arno, prolixe, spirituel, tirant avec application sur son cigare, exposant à n'en plus finir ses vues sur les vicissitudes de la condition humaine, Esther, qui le regardait bien en face, comme une disciple attentive, riant – et pourtant il était impossible de douter qu'elle eût jadis aimé Mélanchon –, riant sans arrière-pensée, visiblement, riant parce que c'était drôle. Jean-Jacques, qui les regardait sans prendre part à la discussion, comme s'il avait été au théâtre, songeait que c'était sans doute le secret du succès d'Arno auprès d'elle, cette drôlerie, cet esprit de repartie qui trouvait toujours, infailliblement, à s'employer, cette science, précisément, de ce qui la ferait rire, qui était apparemment une science exacte, mais à laquelle Jean-Jacques, il en avait conscience, n'avait pas été initié.

Comme Mélanchon ne faisait pas les choses à moitié, il

entreprit d'amasser, sur les fleurs qu'il collectionnait, une somme de connaissances qu'il voulut fabuleuse, aussi monumentale que sa nouvelle passion. Il recopia des pages entières de traités de botanique. Il composa des herbiers. Il mit certaines fleurs sous verre. Il en fit sécher d'autres, la tête en bas, le long des murs, ce qui finit par donner à l'appartement de la rue d'Alésia une apparence étrange, qui tenait à la fois de la chambre funéraire et de la boutique de curiosités. Il en peignit d'autres encore, les plus colorées, ou bien celles qui avaient les noms les plus exotiques, car il avait un petit talent d'aquarelliste, dont jusqu'alors il ne s'était jamais flatté, mais dont il s'enorgueillissait à présent sans vergogne, montrant ses toiles au moindre de ses visiteurs, les commentant, expliquant combien d'heures de travail elles lui avaient coûté, et à quel point la ressemblance avec le modèle était frappante. Au total, en quelques semaines, il dépensa des fortunes. D'où Arno concluait qu'il était entré dans une phase maniaque, et cette assertion, parée du vernis de la science, les remplissait d'aise, Esther et lui, assis l'un en face de l'autre dans le salon jaune, tandis que la journée n'en finissait plus de se dérouler, de disparaître en volutes, de s'évanouir, rose et dorée, tout autour d'eux.

C'était bien là l'une des plus extraordinaires transformations de Mélanchon : lui qui avait toujours été taciturne était devenu loquace. Lui qui était misanthrope se montra avide de rencontrer ses semblables, de leur faire part de son nouvel état d'esprit, en un mot de parler de lui. Il était devenu impossible de l'éviter. Lui qui souvent avait refusé les invitations, arguant d'un travail en cours, d'une migraine qui l'avait pris, ou d'autres préoccupations encore qu'il ne jugeait pas opportun de dévoiler, on le vit partout, et bavard, catégorique, suffisant. Il avait un avis sur tout, et entendait le faire valoir. Il lui arriva d'interrompre sa femme ; il paraissait un peu fat. Il reprenait, disait Arno, qui observait ce manège avec gourmandise, du poil de la bête ; l'expression irritait Jean-Jacques, qui n'avait jamais su exactement quel sens il fallait lui donner et la trouvait trop triviale pour rendre compte de la réalité, mais à qui la métamorphose de Mélanchon n'était pas sans évoquer, précisément, quelque chose qui avait à voir avec l'ordre de la nature : c'était bien, à l'œuvre dans le corps alangui et replet de Mélanchon, le retour et le déploiement des forces d'en bas. C'était comme si Mélanchon, qui jusque-là, silencieux et dur comme la pierre, avait appartenu au règne minéral, s'était d'un coup projeté dans le règne animal : il avait accédé à la vie, au mouvement, à la luxure, et s'y adonnait avec démesure, avec la vigueur des sauvages, des fous ou des satyres. On se trouvait décidément là en face d'un superbe cas d'école. Arno y voyait aussi la confirmation d'une théorie qu'il avait toujours soutenue, peut-être parce qu'elle lui permettait d'imaginer que lui aussi se déferait un jour de ce personnage qu'il était, à savoir que les gens changent, qu'ils peuvent, d'un moment à l'autre, ne plus être les mêmes, que pour cette raison il est bien présomptueux de prétendre les connaître. Il semblait avoir convaincu Esther de cette vérité : lorsqu'il en déroulait devant elle, en belles arabesques, les parfaits sophismes, lorsqu'il développait ses arguments, comme un marchand de tapis ses pièces les plus magnifiques, brodées à l'endroit et à l'envers, devant des clients médusés et prêts à payer n'importe quel prix, bien assis dans son large fauteuil, buvant à petites gorgées le verre de liqueur qu'elle lui avait servi, car il aimait l'alcool, elle l'écoutait sans répondre, les yeux posés sur lui, orante, songeait Jean-Jacques, devant ce dieu vil qui faisait miroiter devant elle le savoir-faire, les ruses et la rhétorique d'un commerçant avisé.

A la fin du mois de mai, Mélanchon se lança dans une traduction de l'ourdou. Il s'agissait d'un manuscrit qu'il avait, quelques années auparavant, ramené de Tchirtchik, dont la bibliothèque avait été ruinée par les guerres et les tremblements de terre, mais où demeurait, enchâssé dans les étagères de bois, ce qu'il avait considéré, dès qu'il les avait vus, comme les fragments étincelants d'un trésor qui lui avait été réservé, et à lui seul : des textes dont il n'avait jusque-là pas soupçonné l'existence et qui s'empilaient, l'un derrière l'autre, dans la poussière et la pénombre, sous des reliures abîmées. La gourmandise de Mélanchon, qui s'était bientôt transformée en voracité, l'avait porté vers l'un d'entre eux particulièrement, un poème, pour ce qu'il put en juger sur le moment, dans la chaleur de la pièce où la lumière passait à peine, aux milliers de strophes. Saisi d'un vertige, il avait pris le volume sous son bras, avec un peu de peine parce qu'il était lourd et que la couverture s'en allait par morceaux, était sorti en hâte, le cœur serré, s'était retrouvé, en quelques instants, dehors, au milieu de la foule, rempli de fierté. Il avait commis un crime abominable, un crime contre l'esprit et la culture, et n'en avait pas ressenti le moindre remords – il avait songé avec volupté que la noirceur de l'âme humaine est insondable. Il avait rapporté son larcin à Paris sans encombre. Il avait le sentiment d'avoir découvert ce qu'il y avait de plus rare sur la terre. Il était l'un des grands bienfaiteurs de ce temps, l'égal d'Heinrich Schliemann ou de Christophe Colomb – un éventreur de mondes.

Quand il ouvrait maintenant son livre, la nuit, rue d'Alésia, c'était moins la joie du savoir triomphant qui lui commandait de se mettre à sa traduction que le sens du devoir, d'une dette qu'il avait à payer, non pas vis-à-vis du malheureux directeur de la bibliothèque de Tchirtchik, spolié d'un manuscrit dont après tout il ne connaissait peut-être même pas la valeur, mais vis-à-vis de lui-même, de celui qu'il avait été ce jour-là, errant jusqu'à la nuit dans les faubourgs de la ville, son livre sous son manteau, éperdu, bouleversé par ce qu'il venait de faire, heureux comme il ne l'avait jamais été. C'était un signe qu'il adressait, à travers les années, au jeune homme qu'il avait été ce jour-là, un signe de reconnaissance et de bienveillance. Au mois de mai, il commença donc à écrire.

15

Lorsque Esther sortait de l'école, établie dans l'un des immeubles du parc Monceau, pas loin de l'avenue Hoche, où elle ne s'aventurait que rarement et qui lui apparaissait, depuis les rangées d'arbres aux feuillages déployés en cercle, comme une région hospitalière, vide, mordorée, pleine de promesses, comme une promenade balayée par le vent, éclatante de soleil, qui aurait mené à la mer, elle passait par l'allée la plus sombre, s'enfonçait dans les régions les plus noires du jardin, où il n'y avait plus un bruit pendant les soirées d'hiver, mais qui, les soirées d'été, bruissaient et crépitaient, pleines de rires et de clameurs. Il y avait, dans cette allée Jacques-Garnerin (du nom du premier parachutiste, comme l'indiquait le panneau vert qu'on avait planté au carrefour des chemins), quelque chose de solennel, un sentiment qui prenait Esther d'un coup – elle aurait pu dire exactement où : quelques pas avant de passer devant la grille de la rue Rembrandt. Rien cependant n'aurait pu la détourner de sa route, qu'elle poursuivait sans hâte, mais sans s'attarder, sans se laisser distraire, rentrant ainsi, chaque soir, à la même heure, à travers le doux silence de l'hiver comme à travers la torpeur sonore de l'été, vers la part obscure de son existence, dans ce compartiment secret, fermé, scellé – le dernier –, dont personne ne savait rien, marchant avec une grande détermination vers cette part dévastée de son existence, vers ce monde désolé, cette ombre dans laquelle elle s'aventurait seule chaque soir, avec un immense courage, qu'on ne lui avait pourtant pas appris, qu'elle avait découvert en même temps que le malheur, avec une volonté inaltérable et stupide qui la poussait à poursuivre, à avancer, chaque soir, à étouffer en parvenant en haut de l'avenue de Messine, à étouffer à chaque pas, ensuite, jusqu'à la rue Portalis, qu'il fallait enfin traverser, pour entrer sous le porche de l'immeuble – et comme la rue de la Bienfaisance, qui menait jusque-là, était longue, étroite, et paisible !

Elle montait jusqu'au quatrième étage, poussait la porte de l'appartement, traversait l'entrée tendue de velours rouge, suivait le long couloir dont le plancher grinçait, entrait dans sa chambre, une vieille chambre qui avait gardé aux murs son velours de couleur verte, un triste vert pâle, un vert d'eau funèbre, qui par endroits était devenu presque blanc, à cause de la lumière du jour qui venait y frapper. Il n'y avait pas beaucoup de place dans cette chambre, pas beaucoup d'espace : on s'y cognait aux meubles ; elle était à l'écart, retirée, tranquille. Par la fenêtre, à laquelle on avait mis des rideaux blancs, sans doute parce que c'était la chambre d'une petite fille, on voyait une cour, silencieuse aussi, déserte, et, derrière les vitres de l'immeuble qui fermait cette cour, des silhouettes qui passaient, les unes après les autres, comme des ombres chinoises, dans une lumière orange.

Esther s'asseyait à sa table, devant la fenêtre, et travaillait. De temps en temps, elle levait la tête et regardait les nuages blancs passer dans le ciel. Son appréhension s'était évanouie d'un coup. Il y avait à ce phénomène, aussi prévisible et régulier qu'une loi de la physique, une raison simple : c'est qu'Esther n'était plus là. Elle était déjà morte ; il ne restait plus rien d'elle dans cette chambre. Il n'y avait plus là qu'un corps dépourvu de vie, une solide petite machine qui ne connaissait plus d'inquiétude, plus d'affection, plus d'espoir ni de colère, plus de regret d'une existence antérieure, plus de joie évidemment, mais pas de tristesse non plus, pas l'ombre d'un chagrin – rien. Quand son frère ouvrait la porte, entrait dans la pièce et s'approchait d'elle, pour s'approprier son corps, en faire un objet à son usage, accomplissant avec lui une chose qui était interdite, qui n'avait pas de nom – Esther en tout cas ne lui en avait pas trouvé, à quoi d'ailleurs lui aurait-il servi de la nommer, puisqu'elle n'y pensait jamais ? –, lorsqu'il accomplissait, chaque soir, cette chose insidieuse, qui emplissait la pièce, sans bruit, Esther n'était plus là.

Et quand il ressortait de la chambre, la laissant sur le lit, immobile, les yeux fermés, ou bien ouverts, et regardant le plafond blanc, sans rien y voir, elle n'était toujours pas là, ne songeant à rien. La vie revenait en elle peu à peu, comme une marée qui monte, charriant des sentiments étranges, disparates ; certains oubliés, comme la paisible sensation d'exister, la fatigue, l'enivrement du sommeil qui s'abat d'un coup, l'attention aux rumeurs de la maison, ou aux modifications de la lumière du dehors, qui entrait dans la pièce à travers les rideaux blancs ; d'autres tout neufs, étincelants, précieux, comme ce grand désir qu'elle avait de voir disparaître son frère, un beau sentiment, féroce, vivace, croissant et multipliant. La vie remontait en elle comme une mer, peu à peu ; il n'y avait qu'à la laisser venir et faire son travail.

Esther, immobile, étendue sur son lit, s'abandonnait à l'idée que c'était fini, à une parfaite connivence avec elle-même, à cet apaisement qui suit les batailles qu'on a perdues, à ce bonheur d'après les catastrophes, parce qu'on est toujours là, qu'on a tenu bon, qu'on est plus fort que le désastre ; elle était vivante, elle avait survécu. Ce soir encore, une fois de plus, tandis qu'on parlait dans le couloir, que sa sœur se mettait au piano, quc des portes claquaient, que bientôt on allait l'appeler pour le dîner, que la nuit tombait et qu'on allumait des lumières dans toutes les maisons, elle avait survécu, elle était là, elle goûtait à toutes ces choses, ces couleurs et ces sons de la rue Portalis, qui, c'était curieux, étaient demeurés inchangés au milieu du cataclysme, qui avaient traversé ces années-lumière, qui l'avaient accompagnée jusque-là, jusqu'au point précaire où elle se trouvait à présent, au-delà de l'abîme qui avait taillé au plus vif de sa vie, qui l'avait définitivement scindée en deux ; elle les retrouvait et les reconnaissait, ces bruits, ces odeurs, ces mouvements, toute la substance, la poésie familière, de son existence antérieure, elle les voyait revenir, surgir familiers de l'obscurité, inchangés, du fond de ce paysage méconnaissable.

Pourtant, passée de l'autre côté de sa vie, transportée de l'autre côté, comme il arrive dans ces contes qu'elle avait lus, où les enfants sont ensorcelés, emportés par un maléfice tout au fond d'une nuit terrible, leurs parents morts – c'est ainsi qu'Esther les imaginait, deux gisants, hiératiques et décharnés, et qu'ils fussent morts, eux aussi, c'était une forme de joie, et de désolation –, passée du côté de l'écroulement et du silence, Esther n'avait gardé avec elle aucune nostalgie de ce qu'elle avait perdu. Elle s'était prémunie contre ce sentiment ; elle s'en était préservée, comme de toute tristesse.

Elle remontait chaque soir l'allée Jacques-Garnerin avec une sorte d'application, et la certitude qu'il lui fallait vivre cette vie-là, parce qu'elle lui avait été donnée, à l'exclusion de toute autre ; elle l'avait donc débarrassée de tout sentiment superflu. Il était devant elle, cet objet sans relief qu'était devenue sa vie ; elle l'avait soigneusement vidé de toute substance, de toute sensation : c'était une lame d'ivoire sans ornement, sans effigie, une surface plane, sans accident, inutile. Esther s'y était habituée ; elle mesurerait plus tard, à des années de là, quelle souffrance ce serait que d'y renoncer : car elle l'avait faite sienne, pour toujours pensait-elle, elle l'habitait, définitivement, cette vie semblable à la mort, elle s'y était réfugiée, et y avait attendu, occupée à attendre seulement, chaque jour à attendre le suivant, qui ressemblerait à celui qui venait de passer, chaque jour occupée à attendre, seule, sans voix, corrodée, et indifférente à la progression du mal, seule, muette, inébranlable, exilée à mille lieues des hommes, mais solide, debout, subsistant, ayant survécu à la tourmente, à la fin des temps, victorieuse, et ne sachant que faire de cette victoire, qui était un naufrage.

Elle fit ce récit à Jean-Jacques dans l'appartement de la rue Saint-Florentin, illuminé par la lumière du soir, calme et rose. Elle lui décrivit celui de la rue Portalis, où l'on entrait avec précaution, parce que le père d'Esther, qui était musicien, travaillait dans le salon, et qu'il ne fallait pas le déranger. On avait dit à Esther que c'était un grand artiste, et elle le croyait ; elle s'en prévalait auprès de ses camarades, et ne regrettait pas de ne le connaître qu'à peine. Elle avait sa mère pour elle, sa mère, qui était toujours là, à laquelle on ne pouvait échapper, qui connaissait la différence entre le bien et le mal, qui était belle, et qui paraissait à Esther possédée du démon, néfaste : c'était elle, la puissance maléfique des contes, sa mère, qui voyait tout et ne disait rien, pas un mot, jamais, contemplative, uniquement préoccupée d'elle-même, absorbée dans le spectacle étrange qu'elle était pour elle-même, et qu'Esther, qui n'en percevait que des bribes, des fragments effrayants, des éclats, imaginait fantastique – ce devait, décidément, être un spectacle fantastique, traversé d'événements, de clameurs, irradiant, et ténébreux, que l'âme et le cœur impénétrables de sa mère, et si on l'en avait tenue éloignée, songeait-elle, c'était certainement en vertu d'une nécessité. Aussi avait-elle consenti au silence qui s'était fait autour d'elle. Elle avait consenti à ce sortilège. Elle avait consenti à partager avec son frère ce secret – c'était parfois l'impression qu'elle avait de lui, l'impression qu'il entrait dans sa chambre pour lui dire, du fond d'une détresse contre laquelle elle ne pouvait rien : « Esther, partage avec moi ce secret. »

Nathan avait été son cher petit frère. Il était plus âgé qu'elle de quelques années, mais elle avait pris l'habitude de le considérer comme son petit frère, à cause de ce regard imbécile et fixe qu'il avait par moments, de l'inquiétude qu'elle éprouvait pour lui, plus forte encore que son amour, des nuits où elle l'entendait pleurer dans sa chambre, sans qu'il y eût à cela de raison qu'il voulût lui dire, où elle se levait, venait s'asseoir à côté de lui et lui caressait la tête, comme à un malade, jusqu'à ce qu'il s'endorme : un malade, qu'il fallait endormir et consoler, tel était Nathan, avec qui elle avait joué, l'été, dans le grand jardin de leur maison, près de Versailles, Nathan, radieux dans le soleil, Nathan, qui était doué d'une science et d'une sagesse qu'elle ne posséderait jamais, Nathan, qui avait été un bon petit garçon raisonnable, qui avait été heureux, vivant, gai, Nathan, ce cher petit frère qu'elle avait tant aimé, et qui était mort dans cette même chambre funèbre où elle était morte aussi, le soir où elle avait appris à ne plus habiter son corps, à s'évanouir, sombrer – comment y arrivait-on, par quelle extraordinaire magie, elle n'en savait plus rien, il avait suffi d'une fois, et cet exercice était devenu la part la plus mystérieuse et la plus grave de sa vie, le secret qu'elle partageait avec Nathan. De ce premier soir, dans lequel elle s'était engloutie – il lui semblait se souvenir que c'était un soir de printemps, une fin d'après-midi douce et dorée, une lumière déclinante sur les toits, un air tiède au-dehors –, elle était revenue à la surface des choses avec la certitude que les gens peuvent soudain changer de visage, et d'âme aussi, que rien ne peut nous préserver de cette métamorphose, qu'il n'y a rien d'assuré dans les sentiments, rien d'établi, rien qui ne doive changer, et, pire que cela, se noyer, s'abolir, n'avoir jamais été ; elle était revenue, ayant appris qu'il ne sert à rien d'aimer ses semblables : cela ne protège pas du plus grand mal qu'ils puissent vous faire.

Elle avait rappelé à Jean-Jacques l'histoire de Marie de Béthanie, qui avait dit au Christ : « Seigneur, si tu avais été ici, mon frère ne serait pas mort ! » Il était mort cependant, mais qu'il pût revenir d'entre les morts, Lazare, que l'on avait enterré depuis quatre jours, c'était ce à quoi Marie croyait, elle qui l'avait tant aimé. Esther, pour sa part, ne croyait plus à rien ; c'est ce qu'elle dit à Jean-Jacques, assise en face de lui, bien droite, sérieuse, dans la bibliothèque de la rue Saint-Florentin. Il n'aurait pas juré qu'elle était sincère en lui faisant cette déclaration ; mais il songea au même moment que s'interroger sur la sincérité d'Esther serait désormais une entreprise futile, et démesurée. Que savait-elle de ses propres impressions, de ses désirs ? Elle était livrée à elle-même, emportée par les eaux, qui l'avaient, pour un instant, abandonnée à Jean-Jacques. Elle s'était arrêtée un instant en face de lui – par quel miracle ? – et lui faisait ce récit, il le sentait bien, comme elle l'eût fait à n'importe qui : qu'elle eût, en cette circonstance, rencontré Jean-Jacques plutôt qu'un autre, c'était un incident sans importance, un effet du hasard. Elle obéissait, en lui faisant cette confidence, à une loi qu'il ne comprenait pas, dont il n'osa pas lui demander, de peur de l'effet que cette interrogation pourrait avoir sur elle, si elle la comprenait elle-même. Il n'en tirait aucune vanité, persuadé que cette révélation n'impliquait, de la part d'Esther, aucune estime pour lui, aucune confiance, aucune affection : il s'était simplement trouvé là, au moment où quelque chose surgissait, du fond des souvenirs d'Esther, qu'il aurait d'ailleurs préféré ne pas voir.

Il ne bougeait pas et se taisait, redoutant de prononcer une parole malheureuse. La nuit était presque tombée. Les nuages étaient devenus bleus dans le ciel gris, la rumeur de la place de la Concorde n'arrivait plus à eux qu'assourdie. Jean-Jacques se demanda où ils iraient dîner, observa Esther, fut un instant encore distrait de lui-même par cette histoire qui s'était déroulée devant lui, cette suite d'images que l'on aurait projetées sur un mur, cette histoire qui resterait pour lui inachevée, fragmentaire, dont il essayait de se faire une idée cohérente, univoque, quelque chose qu'il pût inventorier, classer, à quoi il pût se référer, qu'il pût comparer à quoi que ce soit de familier – en vain.

Esther parlait encore, et il l'écoutait, embarrassé, encombré de ce passé qui n'était pas le sien, qui venait se superposer au sien, l'alourdir, l'empoisonner, avec lequel il lui faudrait vivre désormais, et qu'il aurait tant souhaité ne pas se représenter, plein déjà de ce malheur qu'il ne ressentait pas, le sentant gagner, comme une tumeur, jusqu'au plus profond de lui-même, s'y enraciner, y être désormais aussi durablement inscrit que l'idée d'Esther. Il se demanda si elle n'allait pas se taire ; il l'écoutait cependant, et ne ressentait rien, que de la stupéfaction. Il regardait Esther, qui n'avait pas changé, ne savait plus que faire d'elle, ne la reconnaissait plus, et ne disait rien.

« Ce sont des choses qui arrivent, après tout, conclut-elle d'un ton docte ; il faut peut-être savoir en tirer profit. » C'était, cet effort qu'elle déployait pour faire preuve de méthode, c'était, cette pathétique volonté d'employer une fois de plus le mot juste, comme s'il y avait eu un mot juste pour nommer cette chose qui n'avait pas de contours, pas de couleur, qui n'était qu'un petit morceau de douleur brute, un petit éclat d'obus fiché, pour la vie, en plein cœur d'Esther, c'était, ce ton posé qu'elle avait adopté pour prononcer cette phrase dépourvue de sens, cette candeur, finalement, ce que Jean-Jacques avait jamais vu de plus désespérant.

Il s'approcha d'elle. Il n'osait plus la toucher, comme si elle avait été à l'agonie : elle lui paraissait infiniment précieuse, fragile, périssable. Il l'emmena au-dehors, pensant que le mouvement interromprait le cours de ses pensées, et impatient de l'interrompre, ce cours, ce flot débordé, contre lequel il n'avait pas eu le temps d'élever de digue, qui l'avait envahi malgré lui, et dont il aurait tant voulu s'éloigner, à une incommensurable distance.

« Si cela ne s'était pas produit, lui dit-elle encore, avec une sorte d'obstination, tandis qu'ils marchaient le long de la rue Saint-Honoré et passaient devant la façade blanche de Saint-Roch, j'aurais été quelqu'un d'autre. Quelle aurait été cette autre vie ? » Elle lui avait posé la question sans laisser paraître qu'elle eût de l'importance, avec la curiosité de qui veut éclaircir un phénomène encore mal expliqué ; elle l'avait presque posée comme on s'acquitte d'une formalité. Jean-Jacques comprit cependant, à l'altération de son visage d'ordinaire si serein, ce charmant visage rond dont il connaissait tous les défauts, qu'elle avait dû se la poser, cette question, des centaines, des milliers de fois, et que la certitude qu'elle avait de ne jamais lui donner de réponse était une peine dont elle ne se débarrasserait plus, dont elle avait pris son parti du reste, une compagnie qu'elle n'aimait pas, mais à laquelle elle s'était habituée.

« Quelle aurait été cette autre vie ? » s'interrogea-t-il à son tour, et il ne put l'imaginer, soudain, que gonflée de joie, vive, blanche et lumineuse ; considérant alors le visage rond et triste d'Esther, songeant à l'écart qu'elle avait définitivement mis entre elle et le monde, il fut saisi d'une si profonde pitié qu'il se détourna d'elle.

16

Ferdinand avait quitté Biarritz avec l'intention de rentrer à Paris ; mais, arrivé sur le quai de la gare, comme il se souvenait des journées qu'il avait passées au bord de la mer, ou dans les rues de la ville, de la pâleur du soleil au-dessus de l'eau, de tout cet air frais et vif qui s'était engouffré dans Biarritz pendant les quelques jours qu'il y avait passés, il n'avait pas voulu se défaire de cette acuité des réveils dans la blancheur et le silence du petit matin, de cette impression de désœuvrement et de plaisir qui avait empli sa vie, s'y était infiltrée par le moindre interstice, y avait pris sa place et y avait durci. Il avait pris un train pour Burgos, où il arriva tandis qu'une nuit de printemps tombait sur la ville, et que la chaleur se dissipait un peu au-dessus des tours de la cathédrale. Lorsqu'il parvint sur la promenade, où l'on avait aménagé des cafés en plein air, sous les platanes, tandis qu'un orchestre jouait dans le kiosque à musique, il ressentit un peu de regret de la rue du Val-de-Grâce, d'Henrietta, qui devait l'y attendre, assise dans le salon vert – mais il se pouvait également qu'elle eût cessé de l'y attendre, et cette pensée était aussi grisante que la première –, des ombres et de la poussière du Luxembourg. Ce sentiment ne dura pas cependant. A la fin de la soirée, alors qu'il rentrait à son hôtel, dans le bourdonnement des voix et des rires, et les échos de la musique, Ferdinand était tout entier en Espagne.

Il alla à Ségovie, sur la promenade du château, suspendue au milieu du vallonnement jaune et gris des collines, à Ávila, noire dans l'air doré ; il y passa la nuit dans un hôtel dont les portes ne fermaient pas, dans une chambre au plafond très haut, aux trois fenêtres qui donnaient sur la rue, une chambre dont on ne voyait pas le bout, comme celle où il avait dormi à Bayreuth, il y avait des années de cela, quand il était parti en Allemagne, en hiver, avec Jean-Jacques et Henrietta, et qu'ils étaient allés jusqu'en Tchécoslovaquie, à Carlsbad – et de cette nuit à Bayreuth, où il avait fait si froid, des trois fenêtres qui donnaient sur une rue déserte aux façades peintes comme un décor de théâtre, d'Henrietta qui s'émerveillait de tout, enveloppée dans une couverture de cachemire si douce au toucher, et si imprégnée de son parfum, qu'il avait envie d'y enfouir son visage, des rues de Bamberg et de Strasbourg, il gardait un souvenir précis. Il alla à San Lorenzo del Escorial, où il déjeuna, par une grande chaleur, sur la petite place envahie par les arbres, tandis que les cloches des églises sonnaient à toute volée. Il traversa la Castille, blanche ou violette selon les heures, visita Tolède et Cordoue enfin, Grenade, où, une fois arrivé en haut de l'Albaicín, il contempla la sierra Nevada recouverte de neige, puis, redescendu dans le centre de la ville, finit par s'égarer dans les ruelles du marché couvert, ce petit morceau d'Orient, à l'ombre grise de la cathédrale, entre les palmiers et les kiosques à journaux. Il passa par Séville, verte et blanche, Cadix, jaune et lépreuse, Salamanque enfin, dont Mélanchon lui avait toujours parlé comme d'une des plus belles villes du monde.

C'est là, dans la chambre de son hôtel, dont il avait ouvert les fenêtres pour laisser entrer l'air déjà chaud et chargé d'odeurs de fleurs, qu'il apprit, un matin, la mort de son père. Il était près de huit heures ; il n'y avait personne dans la ville. Ferdinand posa sur la table le télégramme qui lui venait d'Issoudun : quatre phrases pleines de détails insolites, signées de la jeune femme qui venait faire le ménage chez le vieux M. Gravier ; on sentait qu'elle s'était bravement attelée à cette tâche, manifestement au-dessus de ses forces, qui consistait à rédiger un télégramme selon les règles de l'art, et où l'on devinait, en même temps qu'un certain désarroi devant la bizarrerie de l'exercice, la légitime fierté d'en être, finalement, venue à bout, et aussi, songea Ferdinand en lisant et relisant ces dix lignes qui n'en finissaient pas, une sorte de délectation au récit de la mort, qui tenait peut-être à la perversité sotte que l'on rencontre, dans ces circonstances, au cœur de chaque être humain, mais peut-être davantage à un goût méconnu pour la littérature, qui ne trouverait plus moyen de s'exprimer, et qui s'était déployé là avec une sorte d'élan, de génie brut et vain – un sens du pittoresque, de l'inattendu et de l'implicite qui aurait mérité qu'on en fît un meilleur usage, et dont Ferdinand, que ces considérations esthétiques consolèrent un moment, serait définitivement seul à goûter, dans la chambre sombre et fraîche de Salamanque, tous les trésors. Il sortit, comme il se l'était promis, pour visiter l'université et la bibliothèque. Tandis qu'il marchait, traversant au hasard les rues et les places de la ville, les larmes coulaient sur ses joues, avec une telle régularité, et une telle profusion, songeait-il, que c'était comme un signe du divin, une manifestation merveilleuse qui le remplissait de reconnaissance. C'était une belle mécanique qui s'était mise en marche, sur laquelle il n'avait plus le moindre pouvoir, quelque chose de rassurant et d'inexorable, qui le dépassait de beaucoup. C'était le simple tribut que l'on paie aux affections de ce monde, et la preuve que, si par malheur on oubliait de le payer, la nature, bonne fille, se chargerait de vous en faire souvenir. Il n'y avait pas de souci à se faire, il n'y avait qu'à se laisser submerger par ce chagrin qui sourdait en soi, intarissable, vivifiant, ce flot qui passait par là, comme si ç'avait été le chemin le plus court, et que Ferdinand laissait passer, porté par le courant, inerte, délivré.

Le soir même, il repartait pour la France, un peu fâché que son voyage eût été écourté, mais heureux aussi de pouvoir donner à son retour l'apparence d'une justification rationnelle. Sans la mort de Melchior Gravier, comment aurait-il expliqué à Henrietta – et Henrietta encore, ce n'était rien, mais les autres, Arno, Jean-Jacques, Vesserman – qu'il eût jugé bon de rentrer à ce moment plutôt qu'à un autre, après deux mois d'absence plutôt qu'après deux jours, ou deux ans ? Melchior Gravier était mort, c'était providentiel. D'ailleurs, il fallait bien que cela se produise ; et cela s'était produit dans les meilleures circonstances, vite, dans le jardin, pas loin du petit mur où poussait du lilas, sans doute sous l'effet d'une grosse chaleur, comme l'avait dit le télégramme. Ç'avait dû être, Ferdinand n'en doutait pas, un moment extraordinaire, un prodige ; encore une chose que son père aurait expérimentée avant lui, un savoir dont il était désormais le dépositaire, tandis que Ferdinand en était écarté, une science dont il ne serait pas prodigue.

Ferdinand songeait, dans le train qui l'emmenait vers Paris, à tous les rêves qu'il avait faits, ces dernières années, et qui lui avaient parlé, de façon plus ou moins détournée, de ce jour qui était maintenant arrivé, jusqu'à ce dernier, le plus récent (il avait eu lieu quelques semaines avant son départ) et le plus étrange – mais sans doute paraissait-il le plus étrange, tout bonnement, parce que l'étrangeté des autres s'était diluée dans le temps, et que Ferdinand n'en gardait plus qu'un souvenir affadi, comme il arrive de tous les rêves, qui sont si poignants, si durs et irrémédiables dans les heures qui les suivent, et très vite perdent de leur consistance et de leur férocité, pour se confondre dans une trame insipide et bleuâtre, où ils cohabitent, les plus neufs avec les plus anciens, divers, tous ensemble, formant un paysage familier et extravagant où l'on ne se retrouve jamais sans un certain déplaisir, identiques, en somme, aux souvenirs de la vraie vie. Dans une grande barque entourée d'eau et d'une foule de visiteurs réunis peut-être pour présenter leurs condoléances, plus probablement attirés par la tranquillité du lieu – c'était aussi instable, vibrant et bondé, et de toute part assailli par l'eau grise, que le pont d'un vaporetto à Venise –, alors qu'il était lui-même venu là sans penser à mal, et pour le simple plaisir de la visite, mais avec un peu d'appréhension, due au fait que le courant, tout autour de l'embarcation, était vif, qu'on était loin de la rive, qu'il y avait des vagues, des remous, un peu d'écume à la surface, on lui avait indiqué l'endroit où reposait son père, qui était mort, sur lequel il s'était penché, qu'il avait reconnu, sans éprouver de tristesse, rien d'autre qu'un profond découragement, et dont il avait vu soudain le visage s'altérer un peu et les yeux s'ouvrir ; cela n'indiquait pas qu'il fût vivant de nouveau, c'était simplement une de ces péripéties fréquentes dans les rêves, dont il ne fallait pas se préoccuper, un détail, qui contribuait à la certitude que ressentait Ferdinand d'avoir bien en face de lui son père, distant de lui pour toujours, dans ce bateau qui tanguait et sur lequel avait pris place une foule attentive, au milieu d'une rivière aussi large que le Grand Canal, et comme lui bruissante de cris et traversée d'odeurs, mais autour de laquelle ne s'étendaient, des deux côtés, et à perte de vue, que des terres vides et des marais. Ce jour était maintenant arrivé, et les rêves de Ferdinand ne lui avaient rien enseigné sur ce qu'il devait en faire.

Henrietta lui fut précieuse dans cette circonstance. Il n'y avait rien, apparemment, qui pût l'étonner. Ni l'absence de Ferdinand, ni son retour, ni la mort de Melchior Gravier ne lui avaient fait perdre sa belle placidité. Elle accueillit

Ferdinand avec un certain sens du cérémonial, qu'il n'aurait pas soupçonné chez elle – Henrietta, petite créature simple et sans artifice, sans intelligence non plus, sans aucune connaissance native des usages du monde et des cœurs, songeait-il volontiers, qu'il avait au cours des années façonnée comme il l'entendait, et qui se révélait plus douée pour apprendre qu'il ne l'aurait cru, ce qui prouve qu'on n'a jamais assez confiance dans la perfectibilité des êtres, Henrietta, qu'il avait emportée chez lui, enfermée dans l'appartement de la rue du Val-de-Grâce, pour son seul plaisir, et qui s'y était acclimatée, petite sauvage dont l'éducation ne lui avait pas donné beaucoup de mal, ravissante petite matière brute qu'il avait polie, civilisée, encore embellie, accoutumée à la compagnie des hommes. Elle mit, autour de ces retrouvailles, comme si Ferdinand était revenu d'un voyage périlleux, à l'autre bout du monde, qu'il y eût perdu sa fortune et sa jeunesse, un peu de solennité, sans affectation, dont il lui sut gré. Elle n'avait pas changé. Rien n'avait changé, d'ailleurs, dans les lieux qu'il avait quittés, toutes les choses y avaient conservé leur place, la vie s'y écoulait avec la même lenteur et la même parcimonie. Henrietta rayonnait, personne autour d'elle n'avait vieilli ; quelques semaines s'étaient écoulées sans qu'il y parût.

On n'avait pas attendu Ferdinand, et c'était assez rassurant de constater que les jours étaient passés là, les uns après les autres, qu'ils étaient survenus, et s'étaient évanouis, chacun différent, unique, plein de sens et de sentiments, savoureux, monochrome, qu'ils avaient tous connu, les uns après les autres, leur bref épanouissement, et leur anéantissement, dans ce paisible quartier de la rive gauche, entre le Luxembourg, le boulevard de Port-Royal et la rue Saint-Jacques. Tandis qu'il était en Espagne, la vie avait aussi passé par là, une vie qui lui demeurerait à jamais opaque et sibylline, qui était venue battre contre les frondaisons de l'avenue de l'Observatoire, laissant tous ceux que Ferdinand avait quittés à peu près là où il les avait abandonnés, avenants, ne témoignant aucune curiosité de ce qu'il avait fait pendant son absence, aucune rancœur qu'il eût ainsi disparu, à peine un peu d'intérêt lorsqu'il lui arrivait, dans le cours d'une conversation, de laisser échapper un souvenir, de faire allusion à une chose qu'il avait vue, et qui surgissait ainsi, malgré lui, comme une incongruité, au détour d'une phrase anodine.

On ne lui parla pas des motifs de son départ. Il ne voulait pas en parler non plus. Tout s'était confondu, au bout de ces quelques semaines, dans une indétermination assez plaisante ; les tourments qu'il avait ressentis, il se les rappelait avec la même exactitude et la même indifférence que si ç'avait été un autre qui les lui avait racontés. Il avait repris pied dans la rue du Val-de-Grâce, dans le salon vert où recommencèrent les interminables heures qu'il passait, avec une sorte de volupté à l'idée d'atteindre au comble de l'ennui, auprès d'Henrietta, observant le joli spectacle qu'elle donnait, quand elle était assise, le soir, après le dîner, près de la fenêtre ouverte par où entrait un peu de vent.

Jean-Jacques venait souvent les rejoindre : il avait décidé, par paresse, de ne renoncer à aucune de ses habitudes, et surtout pas à celle-là. Le retour de Ferdinand, songea-t-il d'abord, n'était qu'une péripétie, il ne fallait en tenir aucun compte ; les incidents qui venaient troubler une existence aussi éloignée de la sienne, les chagrins, les aspirations et les renoncements d'un homme aussi différent de lui que l'était Ferdinand, de cet individu qui avait disparu et réapparaissait, comme un diable sort de sa boîte, qui reprenait sa place sans manifester la moindre compassion pour ceux qu'il avait abandonnés, ne devaient en rien modifier le plan de sa propre existence. Peu à peu cependant, cette certitude fut moins affirmée dans l'esprit de Jean-Jacques ; elle vacilla, s'affaiblit. Il lui était apparu en effet que le comportement d'Henrietta n'était plus le même. Elle lui témoignait pourtant la même affabilité, paraissait aussi heureuse de le voir qu'elle l'était naguère, et ne semblait pas avoir de secret pour lui. Elle ne lui disait rien de Ferdinand, mais c'était peut-être parce qu'elle n'avait rien à dire; Jean-Jacques se reprochait ce penchant qu'il avait toujours eu à soupçonner les femmes dont il était amoureux de duplicité : n'était-ce pas une manière détournée, et bien présomptueuse, de leur accorder plus d'intelligence qu'elles n'en avaient – un effet, en somme, de sa propre vanité ?

Au bout de quelque temps, il dut se rendre à l'évidence : ce n'étaient pas les sentiments d'Henrietta qui avaient changé, c'étaient les siens. Il la considérait avec moins d'aménité, il lui trouvait moins de charme, et, par un trait de caractère qui lui était propre, il lui avait prêté ce désintérêt qui était le sien, soit que ses impressions ne reçussent pleine et entière consécration, confirmation de leur existence, que d'avoir été ressenties par d'autres, qui pouvaient ainsi attester de leur réalité, soit que ses sentiments fussent si envahissants qu'il fût porté, malgré lui et tout naturellement, à en affubler ceux qui l'entouraient; c'étaient des sentiments immenses, durs comme la pierre, qui ne souffraient pas d'être altérés ou circonscrits, que ceux de Jean-Jacques, des sentiments dans lesquels il était tout entier, qui le préservaient du mouvement et de la putréfaction; il était submergé par eux, tout entier dévoué à leur cause, et il n'en concevait pas d'autres. Aussi, par une inclination de son caractère, par manque d'imagination, par désinvolture, et par cette adhésion de tout son être à ce qu'il ressentait, il ne parvenait pas à penser qu'ils ne fussent pas partagés, et qu'on pût en connaître de différents. Ce que ressentit quant à elle Henrietta, les choses qu'elle pensa, s'il y en eut, celles qu'elle éprouva, durant ce curieux mois de mai où plus rien de ce qui avait précédé ne tenait encore debout, où tout allait à vau-l'eau, ce qu'Henrietta put regretter ou attendre, personne ne le sut. C'était du moins ce que se dirait Jean-Jacques lorsqu'il se rappellerait, quelques années plus tard, cette période de sa vie, cette période troublée, traversée par le vent, agitée, vide et insolite, un confus chapitre d'histoire. C'était ce qu'il se dirait, parce que, de ces regrets ou de ces espoirs, lui-même n'avait rien deviné ; il s'était gardé comme de la peste de toute possibilité d'en deviner quoi que ce soit.

Il continua à venir rue du Val-de-Grâce, pour contempler, en spectateur averti de la beauté de la chose, ce curieux édifice, aux proportions exactes et au parfait équilibre, qu'était la vie d'Henrietta et de Ferdinand. Il y prit un certain plaisir, accru de ce qu'il avait lui-même cessé de figurer au premier plan de ce décor, qu'il n'y était plus qu'un objet parmi d'autres, au mieux un objet d'apparat ; il ne servait plus à rien, il était au spectacle, et quel bonheur c'était que d'être là, simplement, au spectacle, plein de bonne volonté, aimable, empressé, prêtant une attention polie à la conversation inchangée d'Henrietta, observant les moindres mouvements de son joli corps qui ne lui appartenait plus, et dont il gardait un si doux souvenir, recevant les confidences de Ferdinand, poursuivant avec lui ces vieilles conversations dont ils avaient pris l'habitude dans leur jeunesse, où défilaient Kant, Hegel, Leibniz et Malebranche, le programme d'agrégation et les lectures adjacentes – comme un morceau de musique dont ils connaissaient par cœur le déroulement ; à peine se laissaient-ils aller, parfois, à quelques minutes d'improvisation, mais brèves, parce que le plaisir naissait aussi de la répétition, et de ne s'engager jamais tout à fait dans ce que l'on disait, qui aurait pu être dit par un autre. Jean-Jacques écoutait Ferdinand, lui donnait la réplique, contemplait Henrietta, enfin attendait que la nuit fût tout à fait tombée pour rentrer chez lui. C'étaient le répit, les vacances, l'ignorance de ce qui allait survenir. C'était avant de retrouver Esther, et de couler avec elle tout au fond de l'eau noire.

17

Quand Jean-Jacques fut entièrement revenu à Esther, elle parut en éprouver quelque chose qui ressemblait à de la déception, et même, se dit-il bientôt, à du dépit. Qu'avait-elle donc attendu des semaines qu'il avait vécues loin d'elle, et qu'il croyait avoir soustraites à son attention ? Il ne put s'en faire aucune idée, mais il se convainquit bientôt que cette époque qu'il avait passée auprès d'Henrietta, et dont il avait cru qu'elle n'était qu'une partie comme une autre de son existence, quelque chose qui n'avait rien de particulier ni d'exaltant, mais qui avait été et avait alourdi son cœur, l'avait fortifié aussi, d'un peu plus de réminiscences et d'échos, ce moment singulier, la plus récente couche du palimpseste, était également devenue, et sans qu'on pût savoir si elle en avait tiré profit ou bien si elle en avait été affectée, une partie de l'existence d'Esther, bien distincte de ce que Jean-Jacques en avait connu, mais qui n'en avait pas moins de réalité, et se trouvait aussi solidement fichée dans la vie d'Esther qu'elle l'était dans la sienne, à la même profondeur exactement, solidement, et pour toujours. Simplement, si c'était le même phénomène minéralogique, ce n'était pas le même éclat de la pierre qui affleurait, dans un cas et dans l'autre, au-dessus de la roche plus sombre ; ce n'était pas le même brillant, ni les mêmes aspérités. C'était à tout jamais impossible à partager. Ce ne fut pas non plus, entre eux, un sujet de litige. Il arrivait à Esther de parler d'Henrietta, pour dire par exemple « c'était du temps d'Henrietta », mais sans acrimonie. Esther, décidément, se dit Jean-Jacques, ne connaissait pas la jalousie ; c'était cela de plus qui la différenciait du reste de l'humanité, et ce miracle le mit mal à l'aise. Auprès de qui avait-il donc choisi de vivre ? Comme il était difficile, songeait-il, d'aimer Esther, d'aimer cette créature obstinée, rigide, abandonnée ! Et demandait-elle autre chose pourtant que d'être aimée, tout entière, à l'excès, et pour toujours ? Comme il était difficile, songeait Jean-Jacques, de se perdre dans cette âme insondable, de quelle abnégation il lui faudrait faire preuve, jour après jour, pour s'abîmer corps et biens dans ce gouffre qu'elle était ! Et il se surprenait à rêver, un peu confus, inquiet aussi, mais peu (il s'étonnait de ne pas l'être davantage), impatient surtout, de l'heure qui lui apporterait – il aurait voulu que ce soit au printemps, par une de ces matinées tièdes qu'elle aimait, quand le vent amplifiait, transperçant la lumière encore voilée, le son grave des cloches de Saint-Sulpice – la nouvelle de sa mort.

A quelque temps de là, elle vint habiter avec lui rue Saint-Florentin. Elle quitta la rue du Cherche-Midi, où, disait-elle, elle n'avait pas tellement d'habitudes, ni de souvenirs. Elle en avait, évidemment, comme tout le monde, se disait Jean-Jacques avec agacement, mais apparemment les souvenirs d'Esther n'étaient pas tous faits de la même matière. Certains, paisibles, égaux, roses ou blancs, virevoltaient un instant autour d'elle, sans réussir à captiver son attention, sans s'accrocher à ses cheveux ou interrompre ses rêveries. Les autres avaient sombré tout au fond d'une région obscure d'où ils ne remontaient pas ; ils étaient enfouis, engloutis à des centaines de mètres de profondeur, rongés par l'eau, hideux, malaisés à identifier : des corps morts sous l'océan, sous l'énorme et froide pesanteur de l'eau, des corps qui n'avaient plus rien d'humain, quelque chose de surprenant, qu'on aurait préféré ne pas découvrir, des corps gonflés et décomposés, et qui flottaient, dans un terrible désordre qui ressemblait à de la fantaisie. Les souvenirs de la rue du Cherche-Midi appartenaient à la première catégorie : ils s'étaient évaporés, à peine constitués, ronds et légers, effilochés comme des nuages de printemps que le vent entraîne vite au-dessus des toits.

Jean-Jacques lui avait demandé de venir vivre auprès de lui dans un moment de tristesse dont il n'avait pas compris la cause. Il avait cru, avec beaucoup de naïveté, devait-il reconnaître par la suite, qu'Esther était le remède à cette tristesse – c'était du moins le remède le plus facile à administrer, dont l'utilisation ne demandait, de la part de Jean-Jacques, ni imagination ni effort particuliers, quelque chose qui ne se déroberait pas, et dont il n'était pas tenu d'user avec économie, comme on doit faire avec certains êtres, qui se dérobent à mesure qu'on les sollicite, ou avec d'autres, qui se révèlent peu à peu dans leur implacable vanité : Esther ne se dérobait pas, et il avait éprouvé sa remarquable opacité au contraire, cette faculté qu'elle avait de paraître d'autant plus opaque qu'on croyait mieux la connaître.

Il lui arriva même de se référer à ce moment où il lui avait demandé de venir vivre avec lui rue Saint-Florentin comme à un moment d'égarement : c'était ce qu'il s'était promis de ne jamais faire, et il l'avait fait. Il en tirait de radicales conclusions sur la versatilité des hommes, et sur leur attrait pour le malheur ; mais c'était de sa part un pur effet de rhétorique, car il n'eut aucun motif de se plaindre de l'arrivée d'Esther. Elle s'installa chez lui sans bruit, et sans cérémonie. Elle ne prenait pas beaucoup de place, se dit-il presque aussitôt – car il l'observait : il la voyait, songeait-il, enfin à l'œuvre, mais que voulait-il dire par là, il ne le savait pas lui-même. Le fait était là cependant : c'était une épreuve que traversait Esther, dans cet appartement silencieux que doraient par places les matinées de mai, et ce qu'il en résulterait intéressait Jean-Jacques au plus haut point.

Il n'en résulta rien, rien en tout cas qui pût se mesurer ou se calculer. Esther se fondit dans le paysage, comme si elle lui avait appartenu de tout temps, comme si elle lui avait convenu. Il n'y avait pas de dissonance, de rupture de ton ou de heurt des couleurs : elle était l'un des personnages de ce monde, l'une des ombres de ce clair-obscur, le plus bel ornement, décidément, de la vie de Jean-Jacques. Il conclut, avec la satisfaction du savant qui voit réussir une aléatoire expérience de chimie, que l'ordalie avait tourné à l'avantage d'Esther, et qu'il pouvait se fier à elle pour la suite des événements. Ce n'était pas un petit avantage que cette idée, qu'il pouvait se fier à quelqu'un. La preuve avait été faite de l'excellence de ses sentiments, mais il avait un grand besoin de cautions, de garanties, d'évaluer enfin, jour après jour, ce que c'était exactement – contours, quantité, poids, volume – que ce sentiment-là, singulier et persistant, qu'il appelait, faute de mieux, son amour pour Esther.

Au bout de quelques semaines, cependant, il abandonna cette idée selon laquelle il y aurait eu une épreuve des faits. Il se fit la réflexion qu'Esther habitait depuis si longtemps avec lui, modelait, dévoyait la moindre de ses pensées depuis si longtemps, qu'elle l'accompagnait depuis si longtemps partout, sous une forme ou une autre, brave petit fantôme, petit esprit tenace dont il ne pouvait se défaire, petite malédiction à son seul usage, petit malheur avec lequel il fallait bien vivre, que le fait qu'elle fût là désormais, au sens propre du terme, bien là, en chair et en os, qu'il pût jour après jour la toucher, se heurter à ce corps comme il s'était heurté à cette âme impavide, qu'elle fût là et bien décidée apparemment à y rester, ne constituait pas une révolution dans son existence ; c'était un simple ajustement, et même, se laissait-il parfois aller à penser, lorsqu'il était enclin à l'indulgence envers lui-même, un progrès : il y avait gagné plus de tranquillité, et d'une certaine façon plus de sagesse.

Quant à Esther, elle semblait, elle aussi, satisfaite de ce nouvel état. Elle ne le lui dit pas, bien entendu, et ce n'était pas de sa part, il le savait, coquetterie, ni même prudence ou orgueil ; plutôt la crainte de paraître engager Jean-Jacques à quoi que ce fût, de le rendre comptable de cette satisfaction qu'elle semblait éprouver auprès de lui. Elle ne dit donc rien, mais il fut bien vite manifeste qu'elle était là comme si elle avait trouvé un endroit où se tenir, où rien ne viendrait la déranger. Cette place lui convenait. Peut-être était-on autorisé à en conclure qu'elle n'en bougerait plus.

De ce fait, on vit moins Arno. Jean-Jacques en vint presque à le regretter. C'est qu'Arno, lorsqu'il venait vous rendre visite, s'engouffrait chez vous plutôt qu'il n'y entrait, s'y établissait comme une armée ennemie dans un village pris d'assaut, et l'on se demandait ce qu'il attendait pour piller la cave et le grenier, violer les filles et mettre le feu aux dernières maisons qui restaient debout ; c'était un spectacle auquel Jean-Jacques s'était, sans s'en apercevoir, habitué, et, plus que cela, auquel il avait pris goût, quelque chose de vigoureux et d'enfantin, de remarquablement orchestré aussi, sous l'apparence de l'improvisation. Il avait privé Esther de cet amusant remue-ménage ; en avait-il le droit ? Il se sentait du coup redevable envers elle de quelque chose qu'il ne définissait pas. L'idée d'une obligation qu'il lui aurait eue, cette idée qui le liait à elle, établissant entre eux la nécessité du devoir, qui vaut bien mieux que celle des sentiments, qui n'est pas comme celle-ci sujette à variations, confusions et altérations, mais demeure immuable et sans éclat, lui était particulièrement chère. Il forma le projet d'épouser Esther, comme s'il avait pu par là réparer un préjudice qu'il lui aurait fait subir. Il y réfléchit avec le plus grand soin, y revint comme à une question difficile, un point de dogme qu'il fallait bien considérer et puis trancher, et s'en tint à la conclusion qui lui convenait le mieux, et bien qu'il eût envers elle une certaine défiance, précisément parce que c'était celle qui lui convenait le mieux : il finirait bien, cela ne faisait plus de doute, par épouser Esther, qui n'était pourtant pas, loin de là, la femme dont il avait rêvé.

Celle dont il avait rêvé, il s'en souvenait encore, ressemblait peut-être un peu à Henrietta ; elle était sans complication, un vrai plaisir des sens, et donnait beaucoup d'amour. C'était un rêve assez exaltant, qu'il faisait le soir quand il était enfant, en allant se coucher dans la petite chambre qu'on lui avait aménagée derrière la cuisine, où l'on avait placé, contre le mur, un grand lit bateau en acajou d'époque Empire, recouvert d'un tissu de piqué blanc comme il y en avait aux fenêtres, et une table bancale sur laquelle il faisait ses devoirs (les mêmes meubles et le même tissu, exactement, qu'il y avait dans sa chambre de Nevers, qui donnait sur la forêt, ce qui faisait qu'il lui arrivait de croire, les matins de printemps, dans la pénombre de la pièce, avant d'avoir entendu les cloches de Saint-Roch et de Saint-Augustin, qu'il était à la campagne, dans le bruit des orages et le parfum des fleurs coupées), et d'où il entendait, les soirs où il y avait eu un grand dîner, encore tard dans la nuit, le cliquetis de la vaisselle que l'on lavait, le va-et-vient des pas dans le couloir, les chuchotements, parfois un rire, toute une vie qui n'était pas la sienne, à laquelle il n'aurait pas accès, jamais, dont il ne voulait rien connaître, enfermé dans le noir, seul, à l'abri du monde.

Il se fit le serment de ne plus aimer d'autres femmes, de ne pas décevoir Esther, de ne pas lui mentir, de la laisser vivre de sa vie muette et mystérieuse, de se contenter de la retrouver le soir, le dimanche de l'emmener se promener sur les bords de la Seine, l'été de rester avec elle dans la grande maison de Nevers, dans le parc clos de murs où l'on n'entendait aucun bruit, que le vent dans les feuilles des arbres, et parfois le moteur d'un avion, qui traversait le ciel bleu et disparaissait derrière le toit d'ardoises, de passer sa vie entière avec elle, de consentir enfin à cette injonction venue il ne savait d'où : que ce qui faisait son bonheur devienne la matière même de sa vie. Il se promit de ne plus guetter l'instant où Esther se lasserait de lui, ou lui d'elle, de ne plus être à l'affût de rien, de ne plus faire la somme de ses déceptions et de ses remords, pas plus que celle de ses succès, de ne plus rien vouloir modifier de ce qui le traversait, de ne plus s'interposer entre lui et le cours paisible de ses désirs. Il ne dit rien à Esther de ce qu'il appelait à part lui ses bonnes résolutions – avec un peu d'irritation, tout de même, devant ce qu'il considérait comme sa propre naïveté.

Ainsi se retrouvait-il, content de lui-même, enseveli dans la nuit de l'appartement, à côté d'Esther qui dormait sans souci, les yeux grands ouverts, écoutant les bruits identiques et réguliers de la rue, entendant les heures sonner, les unes après les autres, au cartel du salon. Ainsi se retrouvait-il, apaisé, tandis qu'il montait, chaque soir, le plus vite qu'il pouvait, l'escalier sombre, recouvert d'un vieux tapis rouge, avant de rentrer chez lui, où rien n'avait changé, décidé à être heureux, et sachant que cela ne lui était pas donné, que certains avaient ce don et que lui-même en était dépourvu, que ce serait un apprentissage, et qu'il n'avait pas choisi, pour se lancer dans cette aventure, le partenaire le plus sûr, celui qui convenait le mieux à l'entreprise. Pourtant, lorsqu'il avait poussé la porte de verre de la cour, qu'il entrait dans la cage de l'escalier et s'y précipitait, ravi à l'idée de la revoir, Esther, inchangée, placide, qui ne témoignerait aucune joie, quant à elle, de son arrivée, il était envahi du sentiment que tout ce qu'il avait fait et choisi l'avait été en connaissance de cause, et que c'était bien. Il acceptait de s'en remettre au hasard et à son propre génie, comme il disait, moitié pour rire et moitié parce qu'il était persuadé de ne s'être trompé que rarement dans la conduite de sa vie. Il acceptait de faire désormais la part de l'imprévu.

Il avait décidé de se débarrasser de lui-même, de tout ce que le sinistre individu, comme il disait, qui l'accompagnait depuis tant d'années avait fait peser sur lui de préjugés. Toutefois, le sinistre individu avait eu du bon ; du moins s'en était-il accommodé ; il avait fait preuve de qualités certaines, et, aujourd'hui, il avait celle de s'effacer sans faire de scandale, de disparaître sans récrimination. C'était peut-être cette certitude, d'avoir été pour lui-même, somme toute, un bon compagnon, qui entraînait Jean-Jacques avec tant de détermination derrière la lourde porte cochère contre laquelle, pour l'ouvrir, il fallait s'appuyer de tout son poids, puis dans la cour pavée de l'immeuble, puis jusqu'en haut de l'escalier où ne pénétrait qu'à peine la lumière du jour, filtrée par les vitres de couleur, vertes, rouges et jaunes, aux carreaux cerclés de fil de plomb, où étaient dessinées de grandes fleurs stylisées – à moins que ce ne fût le simple plaisir de retrouver Esther, qui lui avait manqué.

18

C'est au mois de mai, alors qu'un air tiède était tombé sur Paris, enveloppant les jardins, les rues et les maisons, vernissant les façades et bruissant dans les arbres, et que, lorsqu'on passait par le pont du Carrousel, on voyait les statues dorées du pont Alexandre-III étinceler dans le soleil, et les toits du Grand Palais briller et gonfler comme de grandes montgolfières grises, dans la lumière translucide, que Ferdinand, que l'on disait oisif, neurasthénique, prêt, avait même suggéré Arno un soir qu'on parlait de lui dans le petit appartement de Cyrille Mélanchon, à faire une bêtise – Cyrille avait été ému de ce jugement, et déconcerté, comme si l'on avait profané devant lui un mystère, ou prononcé une obscénité –, Ferdinand, que l'on disait plus misanthrope que jamais, enfin dont les meilleurs de ses amis pensaient qu'il était bien temps que la vie se fût chargée de lui donner une leçon, et se félicitaient qu'elle eût été aussi terrible – car, comme le disait encore Arno, avec l'assurance du praticien, ou de l'honnête homme, ce qui ne nous tue pas nous rend plus fort –, Ferdinand, démuni, dépouillé de toute son ambition, cette vieille passion désormais sans objet, dont il sentait seulement le spectre flotter autour de lui, palpable, encombrant, raide, comme ces anciens étendards qu'on voit dans une salle des Invalides où son père l'emmenait, quand il était enfant, une fois par an, lors du voyage qu'ils faisaient à Paris, toujours à la même époque de l'année, au mois de novembre, brodés d'or et d'argent, lourds et rigides, sans doute aussi doux au toucher que de la soie, effilochés, portant en lettres rouges le nom des victoires de l'Empire, revenus de Russie, d'Espagne et d'Égypte, et figés, bien droits, dans leurs écrins de verre, Ferdinand, dépourvu de tout intérêt pour le monde, au point, c'était encore le pronostic d'Arno, de bientôt perdre la raison – ce qui mettait Jean-Jacques mal à l'aise, parce qu'à cette idée de folie il associait les pages d'*Aurélia* où le soleil disparaît au-dessus de la Seine dans un ciel de sang, tandis que les lunes blanches tournent dans une nuit noire, des pages qu'il n'avait jamais pu lire sans effroi, et sans la certitude qu'un jour ou l'autre lui-même en arriverait immanquablement à ce degré d'égarement –, c'est donc au mois de mai, dans le soleil et la douceur des premiers jours du printemps, que Ferdinand retrouva Anna, qu'il avait tant aimée.

Cette rencontre fut l'effet du hasard. Anna habitait toujours dans le quatorzième arrondissement, un immeuble noir dont les fenêtres donnaient sur le métro aérien. Elle y rentrait toujours, le soir venu, après avoir passé la journée à vendre à des étudiants en médecine des livres dont les titres emplissaient Ferdinand de nostalgie à l'idée de la vie aventureuse, toute de dévouement à autrui et d'enrichissement rapide, qu'il aurait pu mener, et d'un profond sentiment de poésie, d'inquiétude aussi – comme ces *Diagnostics difficiles en médecine interne* dont la rigueur et le dépouillement, et l'abîme de douleurs qu'ils lui laissaient entrevoir, l'émurent pendant plusieurs jours. Elle portait le même petit manteau gris un peu usé, et par tous les temps un foulard jaune que Ferdinand trouvait affreux.

Quatre années avaient passé. Anna n'avait pas vieilli. Elle avait entendu parler de Ferdinand, elle avait vu son nom, de temps à autre, dans ces journaux qu'elle ouvrait, il s'en souvenait encore, le soir, assise chez elle dans la cuisine : elle les posait sur la table de bois, et les lisait ainsi, l'un après l'autre, page après page, comme on lit un livre, avec beaucoup d'application. Elle n'avait pas changé. Ferdinand ne décela dans son visage rien qui pût lui rappeler l'écoulement du temps. Elle mettait toujours dans ses cheveux ces bandeaux de velours, noirs ou ivoire, qui donnaient à ses traits la pâleur d'une icône. Elle n'était pas devenue plus gaie, ni plus triste. Ferdinand, si on le lui avait demandé lorsqu'elle l'avait quitté, aurait pourtant volontiers fait le pari qu'elle finirait par s'engluer dans sa propre tristesse, par se conformer tout à fait à cette inclination de son caractère, par accepter, par paresse et désœuvrement, car elle était paresseuse et manquait d'imagination, que cette partie d'elle-même qui n'était ni la plus vivace ni la plus véridique, colorée de gris, pesante, finisse par se dilater au point d'empiéter sur toutes les autres, de les absorber et de les réduire à rien. Cette évolution, qu'il avait prévue, ne s'était pas produite cependant : Anna avait préservé, dans un équilibre parfait, le peu de joie qui subsistait encore en elle quand il l'avait connue et la grande mélancolie qui faisait le fond de sa personne. Il y avait chez elle une combinaison harmonieuse de ces deux sentiments, une combinaison qui ne varierait plus, quoi qu'il advienne d'Anna, quels que dussent être les événements heureux ou malheureux de sa vie. Elle avait aussi conservé cette curieuse façon de rire, sans regarder Ferdinand, et comme étourdie tout à coup, un peu sotte, petite fille, exquise, qui l'avait irrité un temps, et puis à laquelle il s'était habitué. Le dimanche, après avoir rendu visite à ses parents, qui étaient très vieux, elle se promenait seule. Elle allait, avec un livre, dans un jardin public ou dans un autre ; elle ne recherchait la compagnie de personne. Dans sa chambre, Ferdinand retrouva les mêmes lithographies qui y étaient suspendues quatre ans plus tôt, les mêmes vues de villes étrangères, où Anna n'était pas allée, quelques photos de famille, un certain désordre, dans lequel elle se complaisait, des lettres qu'on lui avait envoyées, auxquelles elle ne répondait pas, et des miroirs partout, car elle avait la vanité de se trouver jolie.

Elle lui raconta ce qu'avait été le cours de son existence pendant ces quatre années, sans faire le partage entre les circonstances décisives et les autres : sans doute, réfléchit Ferdinand en l'écoutant, parce qu'il n'y avait dans cette vie-là rien qui fût, justement, décisif ; ou bien peut-être, songea-t-il encore, parce qu'elle avait la sagesse, qui n'est pas donnée au plus grand nombre, de savoir que tous les moments se valent et qu'ils n'ont chacun que la valeur, exactement, qu'on leur accorde. Elle n'avait pas l'air d'en accorder beaucoup à quoi que ce soit. Elle lui fit le portrait de quelques individus qu'elle avait rencontrés, dont il ne put démêler si elle les avait aimés. L'un d'entre eux, elle n'en faisait pas mystère, était venu dans cette petite chambre d'où l'on voyait passer le métro, qui faisait vibrer tout l'immeuble, et trembler les miroirs et les photos de famille, et puis l'avait abandonnée. Elle n'en concevait, semblait-il, aucun ressentiment, aucun regret. Elle était la personne au monde la plus dénuée de rancœur, comme de remords. C'était à croire qu'elle n'avait jamais expérimenté la douleur. C'était déconcertant et de bon augure. Non, décidément, Anna n'avait pas changé.

Ce fut une grande joie pour Ferdinand que de le constater. Tant de choses s'étaient modifiées autour de lui ces derniers mois, et, ce qui était pire que tout le reste, jusqu'à l'opinion qu'il pouvait avoir lui-même des choses et des gens, jusqu'à l'impression qu'il ressentait en rentrant chez lui le soir, près du Val-de-Grâce inondé de lumière blanche, dans le vent parfumé du printemps, et en ouvrant la porte de l'appartement calme où était Henrietta, qu'il observait, jour après jour, déplorant de ne plus trouver auprès d'elle rien de ce qui faisait naguère l'envoûtement de sa compagnie, de ne plus goûter la matière ténue, délicate, de ses silences et de ses sourires, de ne plus lui reconnaître aucune qualité, de ne plus rien discerner, dans son inaltérable bienveillance, qui pût l'apaiser ou le satisfaire ! Henrietta était gaie, attentionnée, et toujours parfaitement à son aise ; il s'en était pourtant dépris au point de songer à la quitter, Henrietta, toujours à sa place, et dont il se demandait chaque jour comment il pourrait la renvoyer, la chasser de cette place qu'elle occupait, dans sa vie, avec une telle fierté, une telle tranquillité d'esprit et une telle obstination, Henrietta, immuable, tout portait à le croire, puisque l'aventure qu'elle avait eue avec Jean-Jacques n'avait modifié ni son humeur ni la considération qu'elle avait pour Ferdinand.

Il avait cependant espéré beaucoup de cette liaison : une somme de bouleversements inouïs, l'irruption de la passion dans leur intérieur, la métamorphose de sa femme, son irritation ou son écœurement, enfin une façon qu'elle aurait eue de sortir d'elle-même, de ne plus tenir son rôle, de faillir. Mais aucun de ces phénomènes prévisibles n'était survenu, et Ferdinand, qui avait observé l'apparition des sentiments amoureux de Jean-Jacques, qui avait redouté plus que tout qu'ils ne se cristallisent pas, qu'ils n'aboutissent pas à former ce grand désir de Jean-Jacques pour Henrietta, si manifeste, tangible, que c'était pour lui une émotion délicieuse, et chaque fois renouvelée, que d'en surprendre l'expression, dans un regard ou une intonation de son hôte, et un enivrant sentiment de son désintéressement, lui qui avait appris, lorsqu'il rentrait le soir, à reconnaître, à un certain air souverain et joyeux d'Henrietta, au vent qui s'engouffrait dans l'appartement, à l'impeccable ordonnancement de toute chose, à la profusion des fleurs, à la lumière enfin, qui irradiait, à la vive et étrange couleur des objets, à l'enchantement du monde autour de lui, que Jean-Jacques était passé rue du Val-de-Grâce en son absence, et que tout y respirait une immense gratitude à son égard, lui qui avait veillé avec soin sur la bonne marche de cette passion, que la moindre absence un peu prolongée de Jean-Jacques mettait en émoi, qui avait suivi, pour finir, une à une, les étapes de leur éloignement, effrayé de la rapidité de ses progrès, déconcerté par l'humeur toujours égale d'Henrietta, et cet amour sans faille qu'elle lui portait, était bien obligé d'en convenir à présent : l'expérience n'avait rien donné, la greffe n'avait pas pris, le monde était revenu à son ordinaire insipidité, la nuit était retombée sur lui, c'était fini. Il était impuissant et pris de colère devant ce gouffre qui s'ouvrait devant lui, et qui était l'âme bien quiète, coite et affectueuse, de sa femme.

Il n'aimait plus Anna, mais cette modification-là ne le préoccupait pas, au contraire. Quatre années avaient passé, il s'était délivré d'Anna, et considérait cela comme une bénédiction. Il contemplait son visage qu'il n'avait plus envie d'embrasser. Il se rappelait les moments qu'il avait traversés, la souffrance qui avait été la sienne, les murs du cimetière du Montparnasse, le long du boulevard Edgar-Quinet ou de la rue Froidevaux, qu'il avait arpentés tant de fois en raccompagnant Anna chez elle. Il était délivré enfin de ce fardeau, de ces paysages, ces fragments de rues, de ciel, d'immeubles, de la blancheur et de la froideur de cet hiver où il avait tant aimé Anna, de leurs promenades dans ce quartier sans vie, lorsqu'ils passaient devant le manège de la gare Montparnasse, échangeant des propos qui n'avaient pas d'intérêt, lui soucieux simplement d'éviter, jusqu'au dernier moment – qui ne manquerait pas d'arriver, mais le plus tard était toujours le mieux –, leur séparation, soucieux de la retarder autant qu'il était possible, tout entier acquis à cet effort. Et chaque minute qu'il gagnait ainsi, intéressant Anna à des riens, prenant soin d'elle, s'inquiétant de savoir si elle n'avait pas froid, la distrayant d'elle-même et de la résolution qu'elle allait prendre – il ne pourrait l'empêcher indéfiniment –, chaque minute était un amer petit bonheur périssable, une brève et vive illumination dans l'obscurité de la nuit pleine de neige, une petite parcelle de joie qu'il évaluait à son juste prix, et qu'il ajoutait à celles qui avaient précédé. Quand il serait seul, quand Anna l'aurait quitté, il les égrènerait, ces précieux et dérisoires grains du chapelet, l'un après l'autre, il contemplerait leur lent et cérémonieux déroulement, il se réchaufferait à leur clarté, tout entier à son amour pour Anna, et presque apaisé de l'avoir perdue, à cet angle de la rue Delambre et du boulevard Edgar-Quinet, où il se retrouvait éperdu quand elle disparaissait, brusquement, sans presque lui dire au revoir. Il était submergé de chagrin, la regardant s'éloigner, vite, sans se retourner, cette silhouette comme une autre qui traversait l'obscurité, la neige, et les lueurs intermittentes des réverbères, enveloppée dans le petit manteau gris, jusqu'à ce qu'il ne la vît plus du tout.

Comme il l'avait aimée, et comme il avait souffert de l'avoir perdue, de l'avoir ainsi perdue, chaque soir, d'avoir dû ainsi apprendre chaque soir ce que c'étaicnt que l'abandon, l'évidence de la mort, le grand désarroi de l'enfance, et le grand désir pourtant, vivace, lancinant, d'être heureux ! Cette peine qui avait été la sienne, cet amour qu'il avait eu pour elle étaient désormais devant lui, intacts mais dissociés de lui-même et de ce qu'il était devenu – de belles dépouilles inutiles. C'était un moment de sa vie auquel il songeait volontiers, émerveillé d'avoir éprouvé, jusqu'à la lie, l'enivrement de cette agonie, d'avoir été un corps soumis à la loi de la putréfaction, d'avoir été cette chose qui avait été vivante et qui était en train de mourir, promise au pourrissement et à l'oubli, d'avoir été tout entier cette douleur qui vibre, et peu à peu s'émousse, s'évanouit, pour ne laisser place qu'à un immense écœurement et à l'affreuse, commune, étrange, animale volonté de survivre.

Il ne dit rien à Anna de tout cela. Il se contenta de l'observer, de tenter de calquer, sur la jeune femme aimable, volubile par accès, et par accès muette, qu'il avait en face de lui, les souvenirs, maintenant un peu pâlis, du grand désordre qu'il avait vécu. Cela coïncidait assez bien. C'était bien Anna qu'il avait aimée ; il n'en ressentait ni surprise, ni dépit. C'était bien elle, qui disait parfois un mot pour un autre, qui manifestait peu d'intérêt pour ce qu'il lui racontait, qu'il aurait eu honte d'emmener avec lui dans un dîner en ville, alors qu'il était si fier d'Henrietta. C'était bien elle, jolie, vaniteuse, infidèle, elle qu'il avait aimée. Il s'en souvenait, il ne manquait rien à ce souvenir, et le portrait qu'il lui était donné de faire encore d'elle aujourd'hui y correspondait en tout point. Il n'avait rien embelli, rien passé sous silence, rien retranché. C'était bien Anna, et il en était délivré.

Il lui donna souvent rendez-vous pendant ce mois de mai, et les semaines qui suivirent. Ces rencontres lui apportaient un plaisir nouveau, frais, sans risque et sans imprévu. Il ne s'agissait que de la revoir, de l'emmener à la terrasse des cafés, où l'on pouvait enfin s'asseoir depuis qu'il faisait beau, de l'écouter, de ressentir un léger ennui de sa présence, de la trouver somme toute assez quelconque, de s'assurer encore que le temps n'avait pas eu de prise sur elle, de la regarder s'éloigner sans en ressentir la moindre émotion, de différer les prochaines retrouvailles, mais de les préparer tout de même, de les prévoir et de les attendre, comme un événement futile et plaisant dans l'océan des jours.

19

Le mois de juin fut celui de la mort de Cyrille Mélanchon. Ce fut une mort brève et discrète : alors qu'il rentrait chez lui, rue d'Alésia, par un de ces soirs de printemps comme il les aimait, parce qu'ils lui rappelaient, disait-il, les fastes de l'Asie, les rives poussiéreuses du Bosphore, la tombée de la nuit sur les jardins de Yildiz et les parfums des fleurs dans les cours des maisons de Boukhara, son fils Raphaël, qui marchait à côté de lui, le vit porter la main à son cœur et tomber sur le trottoir. Cyrille n'avait pas cinquante ans, et il parut à tous ses amis que c'était bien jeune pour disparaître ainsi, à l'improviste, au coin de la rue d'Alésia et de l'avenue René-Coty, s'effacer d'un coup de la surface du monde, dans la tiédeur d'une soirée de printemps. Il laissait inachevé le recueil de poésies qu'il traduisait de l'ourdou. Il n'avait pas mené à bien l'éducation de ses enfants. Il n'avait pas laissé de testament – sans doute se croyait-il immortel –, ce qui causa beaucoup d'embarras à ses héritiers. Comme il était toujours fâché avec sa sœur Marguerite, on négligea de la prévenir de l'événement, qu'elle apprit en lisant le journal. Ce manque d'égards mit le comble aux dissensions de la famille Mélanchon.

« C'est affreux, dit Ferdinand à Jean-Jacques, qu'il avait rencontré par hasard dans les jardins du Palais-Royal. Sais-tu que Mélanchon est mort ? » C'était affreux ; Mélanchon était mort. Comment donc cela s'était-il produit, et quand ?

Jean-Jacques, tandis qu'il posait ces questions, ne pouvait tout à fait dissimuler sa jubilation. « C'est, dit-il, surprenant le regard étonné de Ferdinand, qu'il y a en moi quelque chose qui me pousse à me réjouir de l'exil, de la mise à l'écart, du bannissement de mes contemporains. »

Cet aveu troubla Ferdinand, qui n'en laissa rien paraître et poursuivit la conversation comme s'il n'avait pas entendu. Il indiqua le jour et l'heure de la cérémonie, et qu'il ne fallait pas envoyer de fleurs – Marthe avait été catégorique sur ce point. Pourtant, au jour dit, dans l'allée du Père-Lachaise recouverte de gravier blanc, parmi les tombes entre lesquelles fleurissaient les roses, il y avait beaucoup de fleurs déposées en souvenir de Mélanchon, du bon homme qu'il avait été, de sa science et de ses mérites.

« Il y a tout de même là quelque chose de tragique, glissa Ferdinand à l'oreille de Jean-Jacques, dont il recherchait, comme toujours, et dans cette circonstance plus particulièrement, la compagnie. Souviens-toi de la métamorphose de Mélanchon – nous disions qu'il s'était comme gonflé de lui-même, accompli, élargi, distendu jusqu'aux limites de l'univers, qu'il était enfin devenu ce qu'il était. Et songe à ceci maintenant : c'était une métamorphose qui devait aboutir à la mort ! Je ne sais pas ce que tu en penses ; moi, cela me fait frémir. » Le silence de Jean-Jacques le dissuada d'aller plus avant, quelque envie qu'il en eût ; il avait concédé une fois pour toutes que, sur certains points, Jean-Jacques en savait plus que lui, et qu'il était vain de vouloir se mesurer à lui. Il fut même un instant contrit de ce silence de son interlocuteur, convaincu de la sottise de ce qu'il venait d'énoncer. Il soupesa un à un, avec circonspection et scrupules, les mots qu'il avait prononcés, pour conclure qu'ils possédaient une certaine beauté, en tout cas une incomparable puissance d'évocation ; il prit donc le parti de ne rien regretter de ce qu'il avait dit.

Jean-Jacques, écoutant le chant des oiseaux, goûtant cette impression de campagne, de tranquillité et de vacances qui serait désormais associée pour lui au souvenir de l'enterrement de Mélanchon, pensait – mais cette idée, qui venait de s'imposer à lui sous l'ombrage des arbres du cimetière, dans le bourdonnement des insectes, tout l'apparat et la touffeur de cette journée de juin qui était encore plus chaude, mûre et moite que les autres, il savait bien qu'il valait mieux qu'il la garde pour lui – que Mélanchon était mort d'un trop-plein de lui-même. Les spectateurs de ce drame intime avaient assisté, surpris et émus comme on l'est devant une curiosité naturelle, la découverte d'un abîme ou le jaillissement d'une éruption volcanique, à ce cataclysme imprévu et grandiose : l'implosion de Mélanchon, un très beau jaillissement hors de soi-même, puis une pluie de cendres. Ils étaient maintenant réunis dans la célébration de ce mystère, interdits et rieurs, saisis de ce vague enthousiasme du promeneur qui observe, sur le fond noir d'une nuit du mois d'août, le parcours précipité des étoiles filantes.

C'était la première fois que le cas se présentait à Jean-Jacques. Il avait envie d'applaudir à cette prouesse, d'assurer Mélanchon de son estime, de souscrire, de tout son cœur, à ce dénouement qui s'effectuait selon les règles de l'art. Il était d'autant plus enclin à la bienveillance qu'il conservait toute sa tranquillité d'esprit : certainement, il y avait peu de danger qu'il connût le sort de Mélanchon (car on pense toujours à soi dans les cimetières, quelque amitié que l'on ait porté aux morts, et, en l'occurrence, d'amitié pour Mélanchon, Jean-Jacques n'en avait jamais eu), lui qui était si peu plein de lui-même, si prompt à la désertion, à l'expectative, à la perplexité. Il était donc entièrement dévoué à cette rêverie sans souci, tout occupé de lui-même et de sa chère Esther, debout à quelques pas de lui, à qui l'événement déplaisait, c'était évident – elle n'aimait pas la chaleur, ni l'idée de la mort, ni, en général, les gens qui étaient autour d'eux ce jour-là –, mais qui en avait bravement pris son parti et se tenait un peu à l'écart, comme elle aimait être, une partie de son visage éclairée par le soleil que filtraient les feuillages, l'autre dans l'ombre fraîche, à moitié là, à moitié ailleurs, selon cette bonne habitude qui était la sienne et que Jean-Jacques se garderait désormais de troubler, chère Esther, immobile, de l'immobilité des disparus, et si jolie.

Après quelques instants de flottement, de ce laisser-aller que Jean-Jacques avait observé dans d'autres occasions semblables, une sorte de confusion, d'embarras qui frappe les plus désinvoltes – comme une naïve offrande propitiatoire, une soudaine et feinte modestie des vivants devant la mort –, la cérémonie, qui apparemment ennuyait tout le monde, prit un lustre particulier, du fait de l'arrivée de Paul Vesserman, dont on ne savait pas qu'il avait été invité et dont la venue suscita un petit mouvement dans la foule. Il avait l'air très au fait de ce qui se passait et du rôle qu'il avait à tenir dans cette circonstance. Le seul inconvénient qu'il eût à supporter, c'était l'excès de chaleur, qu'il n'avait, semblait-il, pas prévu, et qui lui donnait, par plaques, un teint à la fois plus rouge et plus blanc que de coutume, ce qui passa pour la manifestation de son émotion et fut compté à son actif.

Il était accompagné d'Élisabeth – sa plus vieille amie, disait-il quand il la présentait à son entourage. Il ne la quittait plus guère depuis quelques jours, sans qu'on sût à quoi attribuer cette soudaine faveur. Elle avait laissé son mari à la maison, près de la fenêtre ouverte ; il disait qu'il était bien là. Paul prononça quelques mots, qu'il avait préparés, assis à sa table de travail, dans son bureau ensoleillé, le jour précédent, s'y reprenant à plusieurs fois, appliqué, désireux de bien faire. On écouta cette allocution dans le plus grand silence, et l'avis général, dont l'on se fit part avant de se séparer, devant les portes du Père-Lachaise – les uns et les autres exténués, graves, la mise un peu défaite, et pressés de partir –, fut qu'il avait été très bien : c'était tout à fait ce que l'on attendait, il n'y avait rien à redire, Mélanchon aurait été satisfait.

Marthe cependant, quand elle avait vu venir Paul et Élisabeth du fond de l'allée, en avait eu le souffle coupé. Élisabeth portait l'un de ces extravagants chapeaux bordés de plumes, de crêpe et de dentelles qu'on ne voyait plus que sur elle – à supposer qu'on les ait jamais vus, dans quelque Belle Époque fantasmagorique, sur qui que ce soit d'autre. Elle avait pris le bras de Paul et marchait avec difficulté sur les cailloux de l'allée. Paul semblait veiller sur elle, avec cette componction qu'il mettait dans le moindre de ses gestes et de ses propos. Marthe en conçut un pénible pressentiment, qui se trouva justifié : à partir de ce moment, Paul la vit beaucoup moins, soit qu'il éprouvât, simplement, moins de plaisir à la voir, soit qu'il eût ressenti de la réticence à l'idée que désormais Marthe était seule, que sa vie n'était plus qu'une somme de moments vides, une totale vacuité prête à l'accueillir, dont elle souhaitait qu'il vienne enfin la remplir. Cette crainte de Paul, cette dérobade devant tant d'amour et de fidélité, c'était bien, pensait Marthe, le plus probable ; et cette pensée, qui surgit en elle quelques jours après la mort de Mélanchon, y resta fichée, comme une lame qu'elle n'aurait arrachée d'elle-même pour rien au monde, effrayée qu'elle était à l'idée de tout le sang et de toute la souffrance qui se répandraient alors en elle, avec la précipitation et le bruit d'une inondation, si seulement elle y portait la main. Elle resta interdite, pétrifiée devant l'ampleur du séisme. Elle avait souhaité la disparition de Mélanchon, elle l'avait souhaitée plus que tout, subrepticement d'abord, le soir, lorsqu'elle était seule et qu'elle lisait les livres de Paul, sous la lampe rouge de la bibliothèque

– et c'était une pensée impure qu'elle avait oubliée au matin; puis avec audace, avec une sorte d'effronterie, Mélanchon assis devant elle dans la salle à manger, lui parlant de tout et de rien, elle répondant par bribes, lui souriant et imaginant, ses yeux fixés sur les siens, le moment où il ne serait plus là, et qu'il n'y aurait pas de plus grand bonheur.

Il n'était plus là, et de ce moment, dans l'appartement sombre de la rue d'Alésia, où elle était seule et désœuvrée, et où Paul ne venait plus, elle se mit à l'attendre. Ce fut en vain : Paul était saisi d'une nouvelle amitié pour Élisabeth, qui restait, en toute circonstance, placide, et comme stupéfaite. Paul venait dîner chez elle à l'improviste; il avait toujours un mot aimable, une attention – un livre qu'il avait acheté dans une édition originale, une lithographie, n'importe quel bibelot de peu de prix, mais dont il assurait qu'il l'avait recherché pendant des jours – pour le vieil homme qui ne disait pas grand-chose et ne sortait plus guère de son fauteuil; on le roulait devant la fenêtre du salon, qui donnait sur le dôme rutilant des Invalides et la morne esplanade, et il restait là, silencieux, contemplatif, désabusé, songeait Paul, qui l'aurait été dans cette circonstance, mais peut-être, simplement, paisible, lui aussi, pas mécontent de ces visites régulières qui, loin de rompre le triste déroulement de leur existence, étaient venues au contraire alourdir encore ce que cette existence avait de pesant et de solennel. Car Paul, qui tenait beaucoup à ce que les formes soient respectées (il disait que c'était une question de respect pour son prochain), venait toujours à la même heure, huit heures et demie exactement, après avoir lu le journal, pris un bain et changé de cravate. Il avait chaque fois à la main le même bouquet de tulipes, et repartait aussitôt après la fin du dîner, déclinant l'invitation polie d'Élisabeth, qui aurait voulu qu'il reste davantage, et le grognement du malade, qui était d'accord avec sa femme. Il rentrait chez lui à pied, en traversant le septième arrondissement figé dans la clarté bleue des nuits d'été.

« Rendons hommage à la grande sagesse de Cyrille, qui, avant de quitter ce monde, a su en être l'un des bienheureux », avait-il dit pour conclure son petit discours. Jean-Jacques observait Henrietta, qui se tenait en face de lui et ne le regardait pas, impavide, habillée de noir, ce qui lui allait mal, car elle portait avec beaucoup de zèle, depuis quelques semaines, le deuil du vieux Melchior Gravier, dont la mort, disait-elle à qui voulait l'entendre, l'avait beaucoup affectée, mais avait surtout porté un coup terrible à Ferdinand. Celle de Mélanchon, en revanche, ne semblait la toucher que de fort loin. Le bruit commençait pourtant à courir que c'était elle qui avait rendu Mélanchon heureux, qu'elle était à l'origine de son apothéose. Jean-Jacques, mis au fait de cette hypothèse – mais qui lui en avait fait part pour la première fois, Arno ou un autre, il ne s'en souvenait plus –, n'arrivait pas à y croire. Il aurait pourtant aimé souscrire à cette extravagante rumeur, imaginer entre Henrietta et Mélanchon le surgissement d'une fantastique passion, née d'on ne savait où, accaparante, qui aurait changé entièrement leurs cœurs et leurs âmes. Il aurait aimé, à défaut, croire qu'Henrietta était bien une divinité nourricière, une femme qui se donnait pour le plus grand plaisir des hommes, sans forfanterie et sans dédain, qui n'attendait en retour l'expression d'aucun sentiment, qui était à peine un être humain, simplement une circonstance, un bonheur comme il en survient parfois, à l'improviste, dans l'existence, un joli don de la chair et des saisons, prodigue d'elle-même, comme les fruits et les fleurs, avant le retour de l'hiver, un moment que l'on partage, avec un peu d'ivresse et surtout un très grand contentement de soi-même, comme la saveur sucrée des cerises ou l'odeur écœurante des lilas, quelque chose qui appartenait à l'été, à l'exubérance et à l'âpreté de l'été, et disparaîtrait avec lui.

Mais, malgré toute la bonne volonté qu'il pourrait y mettre, comment vérifier ce qui était désormais invérifiable ? Comment vérifier que le gros corps de Mélanchon avait prospéré, que son âme sombre s'était éclairée de la vivacité d'Henrietta ? Comment vérifier qu'il s'était nourri de cette substance étrangère, qu'il s'était fortifié de cette sève, enrichi de ce trésor qu'on l'avait laissé dépenser sans compter ? Hélas, songeait Jean-Jacques, emporté par ses réflexions, et par la sympathie posthume qu'il éprouvait pour Mélanchon, dans l'ombre délicieuse des marronniers, tandis que s'appesantissait sur lui, par intermittence, un vent chaud plein de parfums, observant Henrietta dont le beau corps vivait sous cet amoncellement de tissu noir, cette aventure, si elle avait eu lieu, il n'en restait, définitivement, plus rien. Et peut-être, songeait-il encore, ne s'agissait-il là que d'un bruit répandu par Ferdinand lui-même : il paraissait si fier de la gloire de sa femme !

A quoi tient, pensait encore Jean-Jacques, revenant à Henrietta comme à la plus splendide énigme de cette journée surchargée de senteurs, le bonheur des hommes ! Celui de Mélanchon avait-il, comme le sien pendant tout un hiver, tenu au corps pimpant d'Henrietta, à cette âme sans malice, à cette candeur, à cette magnificence auxquels lui-même avait renoncé sans regret, comme on se défait d'une fortune que l'on a mal acquise, d'un luxe auquel on n'est pas habitué, comme on repose un mauvais livre, comme on sort d'un songe, comme on abandonne ceux qui nous ont le mieux aimé ? Il voulait le croire ; ç'aurait été un bel épilogue, quelque chose de savoureux et de peu banal.

« Il fait un temps merveilleux », dit Esther alors qu'ils s'en allaient. Elle s'appuyait sur son bras avec une bonne grâce dont il lui sut gré. Il n'y avait décidément rien entre eux : rien qui pût les séparer, rien qui pût les unir. A jamais, entre eux, il y avait ce vide, que les confidences d'Esther n'avaient pas comblé. Elle était décidément une partie de lui-même. Quelle satisfaction c'était que de se le dire, de se pénétrer de cette pensée, cette petite pensée cristalline, rafraîchissante, sans défaut, cette eau limpide dans la torpeur de l'après-midi, cette petite certitude qui ne demandait pas à croître et ne disparaîtrait plus, cette inévitable donnée mathématique, ce miracle qui lui était échu, songeait-il en laissant Esther passer devant lui de l'autre côté des grandes portes du cimetière.

20

« Il y a une révolution dans ma vie », indiqua à peu de temps de là Ferdinand à Jean-Jacques. Et comme Jean-Jacques se gardait de l'interroger, il ajouta, à contrecœur semblait-il, mais d'un ton solennel, que c'était une révolution épistémologique. Son visage ingrat s'éclaira un instant à cette idée ; elle faisait peut-être naître en lui, qui sait, songea Jean-Jacques, perplexe, l'image affolante d'un Galilée réordonnant la course des astres. Ce dont il s'agissait, ses amis ne devaient l'apprendre que quelques semaines plus tard, et par la rumeur, il est vrai infime et contradictoire, que cette révolution privée suscita, tant Ferdinand lui-même demeura en la circonstance énigmatique, comme jaloux d'un privilège qui aurait été le sien, irrité aussi, comme il savait l'être, imposant silence à l'importun qui avait cru bon de lui demander quelques détails sur cette nouvelle époque qui commençait, d'un : « Je ne vais pas vous raconter ma vie, tout de même, hein ! », où se mêlaient le plus grand dédain pour son interlocuteur, un tenace dégoût de soi et une véritable panique devant l'ampleur de la tâche – et puis, Dieu seul savait ce qui pourrait sortir de cette aventureuse et triviale entreprise, raconter sa vie !

Ce dont il s'agissait, c'était de son divorce, un événement somme toute assez ordinaire : on s'étonna qu'il en eût fait tant d'histoires, et même que la chose ne se fût pas produite plus tôt ; c'était aussi de son prochain mariage avec Anna, qui suscita quant à lui beaucoup de commentaires. Dans le cercle que fréquentait Ferdinand, on ne connaissait pas Anna, et le peu qu'on en vit déplut : il l'emmena deux ou trois fois au-dehors, avec une sorte de parcimonie, de circonspection, qui ne laissait rien augurer de bon, disait-on. Qu'est-ce que cela signifiait au juste, ce peu de confiance qu'il lui témoignait ? Sans doute, d'ailleurs, avait-il ses raisons : cette petite femme sans apprêt, si peu affable, n'avait pas l'air tout à fait honnête. On se demanda d'où elle sortait, où Ferdinand l'avait trouvée – comme si, d'avoir pu faire surgir, autour du visage blanc et sans grâce d'Anna, l'arrière-plan de sa vie, l'appartement vibrant du passage du métro aérien, les miroirs, les lithographies et les promenades du dimanche dans les allées du parc Montsouris, tout ce monde qu'on ne connaissait pas, comme si cette évocation, dont on ne soupçonnait pas la banalité, avait pu avoir sur la défiance générale une vertu apaisante. Ferdinand, qui s'en fit la réflexion, se dit après coup qu'il avait eu raison de ne pas vouloir sortir dans le monde avec Anna. Il n'en conclut pas, comme il l'aurait peut-être fait quelques années auparavant, qu'il lui fallait se séparer d'elle, mais au contraire qu'il fallait quitter le monde, ce monde du moins où l'on avait encore en mémoire la grâce d'Henrietta, son sourire égal et ses bonnes manières, ce monde où l'on trouvait à Anna l'air sournois, avant de lui trouver l'air stupide, et où l'on affirma, pour finir, qu'ils étaient assez bien assortis : tout compte fait, Henrietta abandonnée à Ferdinand, ç'avait été un peu Andromède abandonnée au dragon – de la confiture au cochon, résuma énergiquement Arno.

On considéra donc avec le plus grand intérêt, et sans compassion, la transformation de Ferdinand. On le vit s'habiller de plus en plus pauvrement, afficher un grand renoncement à tout, un grand mépris des convenances, s'interdire désormais de recevoir ses amis, expliquer avec sa rugosité coutumière qu'il s'était jusque-là noyé dans des obligations qui lui avaient beaucoup coûté et ne lui avaient rien rapporté – jugement qui fit sourire Arno, et réfléchir sur ce qu'il appelait la morale de comptable du petit Gravier –, affirmer qu'il revenait enfin à la réalité des choses, qu'il avait appris à les estimer chacune à leur juste prix, qu'il n'ouvrirait plus un livre, car la science des hommes était futile, et la littérature aussi ; et par là-dessus planaient, on le sentait confusément – c'était une présence si ténue, impalpable, et immense à la fois, qu'il était impossible de s'en faire une idée exacte –, l'ombre du vieux M. Gravier, ses anathèmes, ses engouements, les derniers instants qu'il avait vécus, au bout de son petit jardin, près du mur recouvert de lilas. On vit Ferdinand fermer une à une, avec une certaine pompe et sans regret, les fenêtres de son appartement, comme on ferme une maison de famille dans laquelle il y a eu un mort, une fois qu'Henrietta fut partie avec le petit Melchior pour l'Angleterre, d'où plus aucun de ceux qui l'avaient connue n'entendit parler d'elle. On le vit enfin s'établir en Suisse.

« La Suisse ! C'est le bouquet ! » vitupéra Arno lorsqu'on lui annonça la nouvelle. Mais sur ce point sa verve fut prise en défaut, soit qu'il y eût, dans ce départ inopiné de Ferdinand, qui s'était fait sans apparat, sans que personne quasiment en fût averti, trop peu de matière à l'exercer, trop de désolante conformité avec ce qu'on savait du personnage, soit que l'exaspération, qu'Arno mimait, comme toujours, avec une étonnante conviction, roulant ses yeux inexpressifs et semblant prêt à s'étouffer, eût eu pour une fois raison de son esprit, et l'eût privé de toute faculté de dérision. C'était après tout sa proie favorite qui lui échappait : il avait noué avec elle, patiemment, ces relations de familiarité et de connivence qui ne s'établissent qu'au fil du temps ; il faudrait tout recommencer, perdre cette chère habitude, et certainement Arno ressentit, de cette soudaine absence de Ferdinand, qu'il n'avait pas prévue, tout le dépit que peut connaître un amoureux éconduit.

Ferdinand s'établit près de Lausanne, dans une maison dont il écrivit à Jean-Jacques, avec lequel il continua quelque temps de correspondre, qu'elle plaisait à Anna. On n'en sut pas davantage. Sur la désolante uniformité de la Suisse, sur ce à quoi il employait sa vie, et ce que fut son tête-à-tête avec Anna, Ferdinand ne dit rien, ou pas grand-chose, rien en tout cas de probant, rien dont on pût tirer une démonstration générale. C'est tout juste s'il se permettait, de temps à autre, une vague annotation sur ce qui lui tenait lieu de sentiments, mais toujours équivoque, allusive, parfois contradictoire, au détour d'une de ces lettres que Jean-Jacques trouvait en rentrant chez lui le soir, reconnaissant sur l'enveloppe le cachet de la Confédération helvétique, songeant, tandis qu'il montait l'escalier aux vitres de couleur, qu'il faudrait s'efforcer de répondre aux réflexions morales et aux descriptions pittoresques dont Ferdinand jugeait bon, par on ne savait quelle perversion, de l'instituer dépositaire – ce qu'il fit, il est vrai, de moins en moins, et chaque fois de façon de plus en plus brève, au point que Ferdinand finit par se lasser lui aussi, et par cesser tout à fait de donner de ses nouvelles. Jean-Jacques en conçut, pendant quelques semaines, un peu de remords. Mais le moyen de croire encore à l'existence des autres quand ils ne sont plus là pour vous la rappeler, avec cette insistance et cette impolitesse qui sont la matière même de leurs relations avec vous ? Le moyen de faire coïncider deux mondes aussi distants l'un de l'autre que la rue Saint-Florentin et les faubourgs de Lausanne – et cet effort aurait-il seulement eu un sens ? Il se souvint deux ou trois fois, debout sur le palier, au moment d'entrer chez lui et d'oublier définitivement Ferdinand, de quelques paysages d'*Oberman*, qu'il avait lu des années auparavant – un déjeuner de fraises à l'ombre des arbres, la chute d'un torrent –, tout cela verdoyant, vertigineux et fantastique, derrière les vitres cerclées de plomb, mêlé à ceux de *Delphine*, dont il se débarrassait d'un coup, en ouvrant la porte : il s'était un bref instant laissé éblouir, en songeant à la Suisse, par un brusque effet de vent et de soleil, aussitôt dissous, dilué dans le clair-obscur de l'appartement.

On ne sut donc pas précisément ce que faisait Ferdinand à Lausanne, et pas davantage si Anna s'intéressait à l'aventure. Tout cela paraissait d'ailleurs sans importance, un peu factice. Il y eut de charitables esprits pour admirer une reconversion aussi courageuse, et la fermeté qu'il avait fallu pour quitter Henrietta, qui était si belle ; il y en eut d'autres pour regretter les dîners de Ferdinand ; il y en eut enfin pour souhaiter malignement qu'il finisse ses jours sur les bords du lac Léman – bon débarras, on n'avait jamais vu un pareil faiseur, il gagnait beaucoup à ne plus être là. Au total, quelques semaines, à peine, de considérations de plus en plus diffuses, de plus en plus éloignées de leur objet, vivant finalement d'une vie autonome, venant rouler au hasard dans la conversation, interrompre son cours, y provoquer un petit tourbillon, puis un remous imperceptible, et puis plus rien.

Il faut croire cependant que Ferdinand avait eu sur ses amis un effet fédérateur, qu'on avait aimé se retrouver chez lui, qu'il s'était produit chez lui quelque chose qui ne serait pas remplacé. Quelles qu'aient été les raisons d'être du cercle qui l'entourait, qu'il se fût réuni, un soir après l'autre, dans l'appartement de la rue du Val-de-Grâce, par simple plaisir, par reconnaissance, par fidélité, parce qu'on s'y amusait, ou parce qu'on y mangeait bien, du jour au lendemain en tout cas, ces motifs, ou d'autres, n'eurent plus de valeur, et le petit milieu qui s'était retrouvé là, comme s'il n'avait pu vivre et durer qu'entre le salon vert et la salle à manger couverte de boiseries, dans l'ombre glorieuse d'Henrietta et la rumeur des conversations toujours identiques, n'exista plus : il disparut sans laisser de traces, à peine, chez l'un ou l'autre, quelques réminiscences.

Du point de vue de Jean-Jacques, la conséquence la plus marquante de ce départ fut la disparition d'Arno, entraînée à brève échéance par celle de Ferdinand, comme un corps en entraîne un autre dans sa chute. A partir de ce moment en effet, Esther ne le vit plus du tout, et il ne chercha pas à la rencontrer. Il s'était lui aussi, semblait-il, dépris de ce qui jusque-là avait fait son univers. Peut-être gardait-il à Ferdinand une rancune tenace de ce coup d'éclat qu'avait été sa retraite – c'était le mot qu'employait Arno, sans qu'on sût s'il voulait donner par là à la décision de Ferdinand une splendeur et une austérité monacales ou, au contraire, faire surgir la perspective d'un irrémédiable désastre militaire, dans les boues et les glaces de la Russie –, et voulait-il l'égaler sur ce terrain ; peut-être avait-il réfléchi à ce que devait être l'organisation de son existence ; peut-être s'ennuyait-il, tout simplement. Il changea de métier, multiplia les mensonges et les extravagances, laissa pousser sur ses joues rouges et rebondies une barbe qui frisait un peu et lui donnait l'air d'un curieux Assuérus débordant de ses vestes de tweed, déménagea deux ou trois fois, jeta l'argent par les fenêtres, épousa une jeune Polonaise, affréta un avion pour emmener ses amis – et, au-delà, la foule innombrable des badauds qui avaient entendu parler de lui – à Cracovie, où se déroula la cérémonie, à laquelle il voulait donner, disait-il, une majesté toute slave, rentré à Paris affirma qu'il avait eu une révélation mystique, afficha une dévotion anachronique – il allait à la messe tous les matins, et communiait chaque dimanche –, se prit de passion pour Claudel, écrivit un petit traité d'histoire des religions, d'où il ressortait que le catholicisme l'emportait de loin sur les autres, et d'autres livres, qui eurent plus de succès que le premier – ce qui était justice, car ils étaient meilleurs, comme il le reconnaissait lui-même avec son habituelle et bonhomme arrogance, disant à qui voulait l'entendre qu'il était comme ces vins qui deviennent excellents en vieillissant –, enfin affirma comme ultime ambition sa volonté d'être élu à l'Académie française : « Je suis assoiffé d'honneurs ! » confiait-il volontiers, et c'était, une fois de plus, assez drôle.

Cet été-là, Jean-Jacques emmena Esther à Nevers. Il y était parti sans arrière-pensée, sinon celle de reprendre, comme il disait, goût à la vie. Il avait l'impression que, depuis des mois, peut-être des années – il ne se risquait plus à faire le compte de cette faillite –, il était malade, absent. Il avait été hors de lui-même pendant un très long temps, maintenu hors de lui-même par quelque chose qui n'était pas de sa volonté et dont il ne savait rien, qui l'avait abandonné enfin, l'avait enfin laissé seul, démuni et délivré, se disait-il en marchant dans le parc de Nevers crépitant de soleil, dans la chaleur de l'après-midi, Esther auprès de lui. Était-ce une bonne chose que ce retour à soi, il était trop tôt pour le dire ; peut-être même Jean-Jacques n'arriverait-il jamais à le déterminer exactement ; peut-être se déferait-il peu à peu de cette impatience et de cet étonnement qui avaient toujours été les siens. Pour l'instant, il se contentait de prendre bonne note du phénomène, comme il disait, de se l'approprier, de se pénétrer de cette idée qu'il était revenu à lui-même, de se pénétrer aussi de ses bienfaits. Tout ce qu'il avait connu n'en était pas pour autant entaché d'invalidité, ou de réprobation, ou condamné à l'oubli, pensait-il dans la chaleur écrasante de ces après-midi d'été.

Tout le reste – qui avait fini par l'amener, par le projeter jusqu'à cet instant où il se tenait immobile devant la façade blanche de la grande maison au toit d'ardoises, derrière lui le vallonnement des collines, au-dessus un ciel d'un bleu sombre, et tout autour l'odeur de l'herbe que l'on venait de couper, les arbres, les nuages, Esther, l'été –, tout le reste avait bien existé, avait eu son propre poids, en avait pesé, avait usé de son court droit à l'existence, avait eu sa propre saveur, son étrange signification, et sa valeur. Tous les jours, ceux qu'il se rappelait – avec difficulté le plus souvent, car ils étaient amputés, disloqués, ayant perdu la consistance, l'épaisseur de l'original – et les autres, tous les jours, les jours pleins de neige et de givre, blancs, coupants et limpides, de Budapest, les jours mordorés de son enfance aux Tuileries, la nuit de Marseille, pleine de parfums, du rire dissonant d'Esther et d'aspirations vagues dont il ne parvenait plus à déchiffrer le sens, les jours qu'il avait passés rue du Val-de-Grâce, uniformes et compacts, comme s'il n'y en avait eu qu'un, indéfiniment étiré, prolongé, distendu, dans la rumeur des cloches et la poussière du Luxembourg, ces jours dont le souvenir était le plus beau et le plus vivace, parce que c'étaient les plus proches, simplement (mais bientôt ils basculeraient, comme ceux qui les avaient précédés, dans une paisible indétermination, se réduiraient à une couleur, un reflet, un peu plus d'ombre ou de lumière), tous à présent étaient d'une autre vie. C'était comme s'il en voyait d'un coup l'envers, la trame précieuse et usée, les belles couleurs passées – du rouge, du bleu, de l'or ; c'était l'infinie patience qu'il avait fallu déployer pour vivre, l'infinie vertu dont il avait fallu faire preuve, une heure après l'autre, c'était l'étoffe rare, périssable, douce au toucher, scintillante, des jours écoulés.

En août, lorsqu'il revint à Paris, il avait vieilli. C'est ce qu'il se dit un jour qu'il rentrait chez lui en traversant la passerelle des Arts. Tout étincelait autour de lui, les toits des maisons et ceux du Louvre, les vitres des immeubles qui bordaient le quai, les murs eux-mêmes, blancs et jaunes dans le soleil, la coupole de l'Institut, les feuilles des marronniers, d'un vert sombre et miroitant aussi qui paraissait par instants de l'argent. Tandis qu'il s'arrêtait sur les planches de bois où couraient des enfants, il se souvint qu'il avait longtemps imaginé le monde comme une mer aux eaux noires, dans laquelle inévitablement il lui faudrait disparaître. Avait-elle reculé ou bien s'était-elle simplement apaisée ? Elle était là sans doute, tout autour, mais c'en étaient d'autres qu'elle avait engloutis, et il n'était pas besoin de se retourner sur eux ni de regretter leur perte. Jean-Jacques était enfin débarrassé de tout sentiment superflu, tout à fait seul dans ce nouveau monde qui palpitait autour de lui, gorgé de soleil, doux comme un velours, irisé, irradié de cette lumière jaune et blanche qui tombait droit sur les façades et les toits, s'y réfractant et éclaboussant, de part et d'autre de la rue, les murs dorés, tout à fait seul dans ce monde limpide et sonore, gonflé des vents tièdes de l'été, de tout un bonheur qui était descendu sur lui à l'improviste, dont il ne savait ce qu'il devait faire, qu'il considérait, tentant encore de le maintenir à distance, avant de le laisser s'engouffrer en lui, et le réduire à rien, à n'en être plus que l'écho indéfiniment prolongé, la dernière note, incertaine, et qui dure. Tous les jours, se dit-il, seraient pareils à celui-ci, tous les jours, limpides et sonores, n'appartenant qu'à lui seul, tous, jusqu'au dernier, « mon Dieu », songea-t-il, tandis que le soleil tombait droit sur la Seine et décomposait l'eau en milliers de petits éclats étincelants, jusqu'au dernier, regardant devant lui le fleuve qui descendait immobile vers la mer, et le ciel d'un bleu vif au-dessus des maisons, le dernier, qui serait pareil à tous les autres, alourdi simplement de cette énigme dont Jean-Jacques ne redoutait plus l'éblouissante et âcre révélation, tous, jusqu'à l'engloutissement, la chute dans l'eau noire.

RÉALISATION : PAO ÉDITIONS DU SEUIL
REPRODUIT ET ACHEVÉ D'IMPRIMER SUR ROTO-PAGE
PAR L'IMPRIMERIE FLOCH À MAYENNE
DÉPÔT LÉGAL : MAI 1997. N° 30686 (41410)